秦观

我亲自体会到了古典诗词里面美好、高洁的世界。
我希望能为年轻人打开一扇门，
让大家走进去，把不懂诗的人接引到里面来。
岁月不居，时节如流，
只有内在的精神和文化方面的美，才是永恒的。

——叶嘉莹

寂寞人间五百年——秦观词

叶嘉莹 主编
李东宾 注

北京联合出版公司
Beijing United Publishing Co.,Ltd.

何意一经迁谪后，深愁只解怨飞红

春观词·中卷

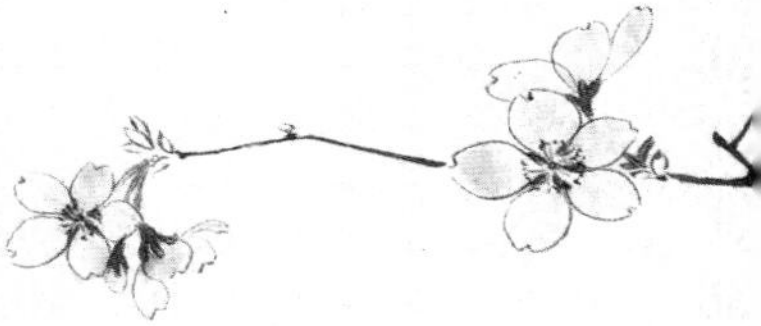

目录

正缘平淡人难及，一点词心属少游

秦观词·上卷

两情若是久长时 又岂在朝朝暮暮

秦观词·补遗

风流不见秦淮海，寂寞人间五百年

秦观小传

郴水郴山断肠句，万人难赎痛斯才

秦观词·下卷

版本说明

本书以日本内阁文库所藏乾道高邮军学本《淮海集》中长短句三卷为底本，以吴湖帆藏本、1930年故宫博物院影印本为参照，集中所录《淮海居士长短句》卷上21首、卷中33首、卷下23首。另附秦观补遗词19首，共笺注词96首。本书在词作下分题解和注释两部分。题解介绍词创作的时间、地点、背景，并概括词作之内容主旨等，为读者理解、欣赏词作提供必要的依据和线索。注释包括几大功能：为难读字词注音，为疑难字词、专有名词、人名、官职、制度等释义，典故解释等。力求简洁通俗，并在此原则的指导下包含尽可能丰富的文史知识。

本书在编写过程中还参考了如下文献书籍：《淮海居士长短句笺注》（徐培均笺注，上海古籍出版社2008年版）、《秦观词集》（徐培均笺注，上海古籍出版社2010年版）、《秦观词笺注》（杨世明笺注，中华书局2021年版）、《秦观词全集》（石海光编著，崇文书局2015年版）、《全宋词》（唐圭璋编纂，中华书局1965年版）、《诗词曲语辞汇释》（张相著，中华书局1953年版）、《诗词曲语辞例释》（王锳著，中华书局1980年版）等。

无边丝雨细如愁，
宝帘闲挂小银钩。

秦观词·上卷

正缘平淡人难及，一点词心属少游

一

花外斜晖柳外楼，宝帘闲挂小银钩。

正缘平淡人难及，一点词心属少游。

当词之发展已经因苏轼之出现而扬起了一个诗化之高峰的时候，作为苏门四学士之一的秦观，虽然是苏轼的好友，但在词之写作方面，却并未追随苏氏之“一洗绮罗香泽之态”的开拓创新的尝试，而毋宁是仍然停留在《花间》词之闺情春怨的传统之中的。不过，秦观的词在内容方面，自表面看来，虽与《花间》之传统有相近之处，然而在意境方面，却实在又有其个人所独具的特色与成就。刘熙载在其《艺概·词概》中就曾经说：“秦少游词得《花间》《尊前》遗韵，却能自出清新。”

况周颐在其《蕙风词话》卷二中也说："有宋熙丰间，词学称极盛。苏长公提倡风雅，为一代山斗；黄山谷、秦少游、晁无咎皆长公之客也。山谷、无咎皆工倚声，体格与长公为近。唯少游自辟蹊径，卓然名家。盖其天分高，故能抽秘骋妍于寻常濡染之外。"这些评语都不失为有见之言。

秦观的词确实有其本质方面的一种特美，虽然源于《花间》，但却不仅与《花间》之词有所不同，就是与其他源于《花间》的北宋词人，如晏、欧诸人相较，也是有所不同的。这其间原来有着许多精微细致的差别，本文就将对秦观词之此种特质，及其与《花间》和晏、欧诸家的不同之处，一加探讨。

首先，我们将要谈一谈《花间》词的传统。据欧阳炯《花间集序》之所叙写，则此书之编辑，原来乃是由于"则有绮筵公子，绣幌佳人，递叶叶之花笺，文抽丽锦；举纤纤之玉指，拍按香檀。不无清绝之辞，用助娇娆之态"。于是遂编集了这些"诗客曲子词"，为的是"将使西园英哲，用资羽盖之欢；南国婵娟，休唱莲舟之引”。因此，《花间集》中所收录的，原来应该只是为了写给那些歌筵酒席间美丽的歌儿酒女去演唱的艳曲歌词。这一类的歌词，当然本来并没有什么深意可言，然而其柔婉精微之特质，却恰好足以唤起人心中的某一种幽约深婉的情意。所以王国维在其《人间词话》中乃云："词之为体，要眇宜修"，以为其虽然"不能尽言诗之所能言"，然而却"能言诗之所不能言"。因此，"词"遂形成了与诗并不全同的一种特美。于是这种本来并无深意的艳歌，遂在文士手中逐渐融入了较深的意蕴，而成为更能传达出人心中某种幽微隐约之情意，足以与诗分庭抗礼的另一种韵文形式。

自晚唐之温庭筠、韦庄，经过五代之冯延巳、李璟、李煜，以迄北宋之晏殊与欧阳修，其以精美之物象及深婉的情意以唤起读者之联想与感动，并且将一己之人生际遇与学养胸襟都逐渐融入小词之中，这种演变之过程，可以说是明白可见的。于是当初在歌筵酒席间随意写付歌儿酒女去吟唱的本无个性的艳歌，乃终于有了可以抒情写志的作用，所以我们曾经将此一演化之过程，称之为"诗化"之过程。不过，值得注意的是，这些作品在足以引起人联想感动及足以抒写情意方面，虽然有了“诗化”的作用，但就其外表所叙写之情事而言，则大多仍只不过是伤春怨别之词，而其使用之牌调，也大多仍是《花间》以来所沿用的短小的令词。所以就其脱离无个性之艳歌性质而融入一己之情志方面而言，虽然可以目之为“诗化”，但就其伤春怨别之情与婉约幽微之致一方面言之，则却仍保留了词之源于艳歌的一种女性化的柔婉精微的特美。我以为，这种演化，可以说是词之发展的第一阶段的成就。

而另一方面，其使词完全脱离了《花间》之风格，造成了词在形式与风格两方面极大改变的，则一个自当是为乐工歌妓谱写歌词而把俗曲长调带入了文士手中的柳永，另一个则当是一洗绮罗香泽之态，而把逸怀浩气都写入了词中的苏轼。此种演变，可以说是词之发展的第二个阶段之成就。在这两期的发展演变之中，前后曾经有过两个属于逆溯之回流式的重要作者，一个是晏殊的幼子晏幾道，另一个就是苏轼的门客秦观。

晏幾道词之所以曾被我目之为逆溯之回流者，盖以其未能追随其父晏殊与前辈欧阳修词中所表现的、可以融入作者之胸襟与学养的深微之意趣，因之其所写之词乃似乎由诗化之趋势反而又退回到《花间》词的艳曲的性质之中了。至于秦观词之所以亦被我目为回流者，则是以其未能追随苏轼所开拓的高远博大之意境，而只是写一些伤春怨别之词，因此在内容方面，也就似乎与《花间》《尊前》之词，有更为相近之处了。不过，这两次逆溯之回流，就词之发展而言，却实在各自有其不同之意义。当晏幾道为词之时，其父晏殊与前辈之欧阳修虽然在词之意蕴方面，已隐然融入了自己之学养胸襟，但其融会乃全出于无意之自然流露，而就外表之内容及形式言之，则与《花间》以来之风格，并无明显之不同。晏幾道之未能追随他们在意蕴方面的拓展，也只不过是由于他自己的学养经历有所不及而然。所以晏幾道之为回流，只能证明作者之学养经历与小词之写作亦有重要之关系，而就词之发展演变而言，则并没有十分重大之意义。

至于秦观为词之时，则较其年长十余岁的一代高才的苏轼，已经早在词之疆域内开拓出了一片脱除绮罗香泽之态的高远博大之新境界，词之发展已经表现出了一种本质方面的改变。因此，秦观在当时之未曾追随苏轼的拓展，除去性格与修养之不同以外，就更增加了一层对词之原有的本质重新加以认定的意义。在宋人之笔记中，曾经有多处记载苏轼责讽秦观之词近于柳永的故事。那便因为柳永与苏轼二人，虽然对于词之演进都曾做出拓展的贡献，但柳永之拓展并未曾改变词自艳歌发展而来的柔婉之本质；而苏轼之拓展，则对于词之本质已形成了一种有力的改革和挑战。秦观词中乃宁可写有引起苏轼之责讽的、与柳永之词风相近的俗俚的艳曲一类的作品，而却未曾追随苏轼之“一洗绮罗香泽之态”的“开拓创新”的尝试，所以我才说，就词之发展言之，秦观词有一种对词之本质重新加以认定的意义。而秦观以后的贺铸与周邦彦两位北宋后期的重要词人，也并未曾追随苏轼的拓新，而是追随着秦观的词风而发展下去的。

因此陈廷焯在其《白雨斋词话》卷一中乃云：“秦少游自是作手，近开美成，导其先路；远祖温韦，取其神不袭其貌。词至是乃一变焉；然变而不失其正。”这段评语实在极为有见。秦观的词，就其未曾追随苏轼却反而远祖温、韦言之，确是一种回流，然而却并不是一成不变的回归，而是在回流中掌握了更为醇正的词之本质的特色，而同时也产生了就词之本质加以拓新之作用。

先就词之本质言，早期无个性之艳歌，实在只不过是在形式上提供了一种柔婉精微之特美，并无内容之深意可言。其后温词虽以其名物之精美引人产生了托喻之想，但却缺少作者之深切真挚之感动；韦词虽表现为真切深挚之感动，但又往往为一时一地之情事所拘限；至于冯、李、大晏、欧阳之作，则在突破了一人一事之拘限以后，却又加入了自己之身世、家国、学养、襟抱的许多复杂的质素。像这种种情形，就词之演进而言，虽然各有其拓展之意义与价值，然而若就词之柔婉精微之醇正的本质而言，却也可以说都曾经造成了或多或少的某种增损和改变。而秦观词之特色，就在于他所回归的乃是与以上诸家之增损改变都有所不同的一种更为精纯的词的本质。所以冯煦在其《宋六十一家词选·例言》中乃云："他人之词，词才也。少游，词心也，得之于内，不可以传。"其所以然者，我以为就在于秦观最善于表达心灵中一种最为柔婉精微的感受，与他人之以辞采、情事，甚至于学问、修养取胜者，都有所不同的缘故。举例而言，如其最著名的一首《浣溪沙》词：

漠漠轻寒上小楼，晓阴无赖似穷秋，澹烟流水画屏幽。　　自在飞花轻似梦，无边丝雨细如愁，宝帘闲挂小银钩。

便是很好的例证。在这首词中，秦观表面所写的，实在只是一个细致幽微的感觉中的世界。“寒”是“轻寒”，“阴”是“晓阴”，“画屏”上是“澹烟流水”，“飞花”之“轻”似“梦”，“丝雨”之“细”如“愁”，“宝帘”之“挂”曰“闲”，挂帘之“银钩”曰“小”，全篇中所有的形容字没有一处用重笔，却并非泛泛的眼前景物的记录。外表看来虽然极为平淡，而在平淡中却带着作者极为纤细锐敏的一种心灵上的感受。在这一类词中，既没有像温庭筠词中的秾丽的辞采，也没有像韦庄词中的可以指实的情事，又没有像冯延巳词中的“花前病酒”及李煜词中的“人生长恨”的深挚强烈的感情，更体会不出如晏殊词中的“无可奈何花落去，似曾相识燕归来”的哲思式的观照和欧阳修词中的“直须看尽洛城花，始共春风容易别”时遣玩的豪兴。而其细致幽微之处却别具一种感人的力量。

周济《介存斋论词杂著》即曾引董晋卿之语云：“少游正以平易近人，故用力者终不能到。”苏籀《双溪集》卷十一《书三学士长短句新集后》(《丛书集成初编》本）亦曾云：“秦校理词，落尽畦畛，天心月胁，逸格超绝，妙中之妙；议者谓前无伦而后无继。”这些评语虽然不免有称赏过分之处，却确实说中了秦观词的一种特美。如果说他人词中所写的是喜怒哀乐已发之情，那么像秦观这首《浣溪沙》词中所写的，则可以说是喜怒哀乐未发之前的一种敏锐幽微的善感的词人之本质。所以其通篇所写的，实在都只是以“感受”为主。是“轻寒”的“漠漠”，是“晓阴”的“无赖”，是“画屏”之“幽”，是“宝帘”之“闲挂”，而并未正式叙写什么内心的情意。即以其最著名的“自在飞花轻似梦，无边丝雨细如愁”两句而言，虽然用了“梦”字与“愁”字，但其所写者也并非真正的“梦”与“愁”，而只不过是写“飞花”之“自在”，其“轻”似“梦”；“丝雨”之“无边”，其“细”如“愁”而已。

但秦观虽非正式写“梦”与“愁”，却又会使读者感到若非一个心中有“梦”、有“愁”的善感的词人，又如何会写出如此“似梦”“如愁”的句子来？更如何会对“轻寒”“晓阴”“画屏”之“澹烟流水”、“宝帘”之“闲挂银钩”这一类看似平淡的景物，有如此细致锐敏的感受？所以冯煦乃称他人之词为“词才”，而独称秦观之词为“词心”，而这首《浣溪沙》词，可以说就是最能表现秦观词之此种特美的一篇代表作，这正是我们所以首先要提出这首词来加以介绍的缘故。

其次，我们还要介绍秦观的一首《画堂春》词。这一首虽不及前面所举的《浣溪沙》词那样流传众口，有的选本甚至对之不加选录，但我以为这首词却也是极能表现其柔婉精微之本质之特美者。下面我们就先把这首词抄录下来一看：

落红铺径水平池，弄晴小雨霏霏。杏园憔悴杜鹃啼，无奈春归。　　柳外画楼独上，凭阑手捻花枝。放花无语对斜晖，此恨谁知？

如果以这首《画堂春》词与前所举之《浣溪沙》词相比较，则这首词在上半阕的结尾处，既写出了“无奈”二字，在下半阕的结尾处，又写出了“此恨”二字，都是对内心情意直接的叙写，这与前一首《浣溪沙》词之通篇不直写情意的做法，当然有相当的不同，然而这首《画堂春》词，却同样也表现了秦观词在本质上的一种细致精微的特美。

先就上半阕而言，诗人所要表现的原是一种面对花落春归的无可奈何之情。本来春归花落原是一件使人伤感的事，李煜在词中就曾写过“林花谢了春红，太匆匆”和“流水落花春去也，天上人间”的悲慨。然而秦观在词中所叙写的“落红”却只是“铺径”，所写的“水”也只是“平池”，所写的“雨”也不似李煜词中之“朝来寒雨晚来风”的劲厉摧残，而只是“小雨霏霏”，而且还有“弄晴”之意。虽然眼中所见之“杏园”已经“憔悴”，耳中听闻的也已经是一片“鹃啼”，但最后结尾之处，也只不过对如此“春归”之景物只用了“无奈”两个字而已。虽然已是正式写情之语，也仍同样具有婉约纤柔之致。至于此词之下半阕，则由写景而转为写人，换头之处"柳外画楼独上，凭阑手捻花枝"两句，情致更是柔婉动人。试想"柳外画楼"是何等精致美丽的所在，"独上""凭阑"而更"手捻花枝"，又是何等幽微深婉的情意。如果就一般《花间》词风的作者而言，则"柳外画楼独上"的精微美丽的句子，他们也容或还写得出来，但"凭阑手捻花枝"的幽微深婉的情意，就不是一般作者所可以写得出来的了。

而秦观词的佳处还不仅如此而已，他的更为难能之处，是在他紧接着又写了下一句的"放花无语对斜晖"，这才真是一句神来之笔。因为一般人写到对花的爱赏多只不过是"看花""插花""折花""簪花"，甚至即使写到"葬花"，也都是把对花的爱赏之情，变成了带有某种目的性的一种理性之处理了。可是秦观这首词所写的从"手捻花枝"到"放花无语"，却是如此自然，如此无意，如此不自觉，更如此不自禁，而全出于内心中一种敏锐深微的感动。当其"捻"起花枝时，是何等爱花的深情，当其"放"下花枝时，又是何等惜花的无奈。在这种对花之多情深惜的情意之比较下，我们就可以见到一般人所常常吟咏的"花开堪折直须折"的情意，是何等庸俗而且鲁莽灭裂了。

所以“放花”之下，乃继之以“无语”，便正为此种深微细致的由爱花、惜花而引起的内心中的一种幽微的感动，原不是粗糙的语言所能够表达的。而又继之以“对斜晖”三个字，便更增加了一种伤春无奈之情。何则？盖此词前半阕既已经写了“落红铺径”与“无奈春归”的句子，是花既将残，春亦将尽，而今面对“斜晖”，则一日又复将终。以前欧阳修曾经写过一组调寄《定风波》的送春之词，其中有一首的开端两句，写的就是：“过尽韶华不可添，小楼红日下层檐”，其所表现的一种春去难留的悲感，是极为深切的。秦观此句之“放花无语对斜晖”，也有极深切的伤春之悲感，但却并未使用如欧阳修所用之“过尽”“不可添”“下层檐”等沉重的口吻，而只是极为含蓄地写了一个“放花无语”的轻微的动作和“对斜晖”的凝立的姿态，但却隐然有一缕极深幽的哀感袭人而来。所以继之以“此恨谁知”，才会使读者感到其心中之果然有一种难以言说的幽微之深恨。周济在其《宋四家词选目录序论》中，即曾云：“少游最和婉醇正。”又云：“少游意在含蓄，如花初胎，故少重笔。”像我们所举的《浣溪沙》及《画堂春》这两首词，便都可以作为这些评语的印证。也许有人会以为像这些锐感多情的小词，并没有什么深远的意境可言，然而这种晶莹敏锐的善于感发的资质，却实在是一切美术与善德的根源。关于此意我在《迦陵论词丛稿》的《后叙》中已曾有所论述，就不拟在此更加重述了。

总之，“词”这种韵文体式，是从开始就结合了一种女性化的柔婉精微之特美，足以唤起人心中某一种幽约深婉之情意。而秦观的这一类词，就是最能表现词之这种特质的作品。不过，这种特质却又以其幽微深婉之故，所以极难得掌握与说明，这正是何以我们乃不惜辞费地定要举出具体的词例来加以分析解说的缘故。

叶嘉莹

望海潮

星分牛斗，疆连淮海，扬州万井提封。花发路香，莺啼人起，珠帘十里东风。豪俊气如虹。曳照春金紫，飞盖相从。巷入垂杨，画桥南北翠烟中。

追思故国繁雄：有迷楼挂斗，月观横空。纹锦制帆，明珠溅雨，宁论爵马鱼龙！往事逐孤鸿。但乱云流水，萦带离宫。最好挥毫万字，一饮拚千钟。

题解

这首词作于神宗元丰三年（1080），当时秦观沿淮扬运河（古称邗沟）至广陵游赏，“泛九曲池，访隋氏陈迹，入大明寺，饮蜀井，上平山堂”（见少游《与李乐天简》）。遍览扬州遗迹，感叹胜景不再，归而作此词。词上阕摹写扬州之富丽，下阕追想隋炀帝奢靡之娱，抒发对其荒淫误国的感慨。

注释

- **牛斗：** 指二十八宿中之牛宿与斗宿。谓牛斗二星乃扬州之分星与分野。就天文言，谓之分星；就地理言，谓之分野。
- **淮海：** 即扬州。《书·禹贡》：“淮海惟扬州。”
- **万井：** 指人口稠密繁庶。井，古制八家为一井，引申为宅院、乡里。
- **提封：** 大凡之意。《广雅》曰：“提封，都凡也。”
- **珠帘十里：** 极言扬州繁华富庶，歌楼舞榭众多。
- **气如虹：** 状人物豪迈俊爽。三国魏曹植《七启》：“慷慨则气成虹霓。”李贺《高轩过》诗：“入门下马气如虹。”

- **曳：** 拖，如“曳裾”，引申为穿戴服饰。
- **金紫：** 原指丞相、太尉、列侯等所佩戴的金印紫绶。唐杜甫《奉寄章十侍御》诗：“淮海维扬一俊人，金章紫绶照青春。”此指达官贵人华丽的服饰装束。
- **飞盖：** 指飞驰的车辆。盖，车篷，代指车。曹植《公宴》诗：“清夜游西园，飞盖相追随。”
- **迷楼：** 隋炀帝所筑，故址在扬州市西北观音山。
- **月观：** 观阁名。《大业拾遗记》：“（隋炀）帝幸月观，烟景清朗，中夜独与萧妃起临前轩。”
- **纹锦制帆：** 以锦缎作船帆。
- **明珠溅雨：** 洒明珠如溅雨一般。《隋遗录》：“炀帝命宫女洒明珠于龙舟上，以拟雨雹之声。”
- **爵马鱼龙：** 指珍奇玩好。南朝宋鲍照《芜城赋》：“吴蔡齐秦之声，鱼龙爵马之玩。”
- **往事逐孤鸿：** 化用唐杜牧《题安州浮云寺楼寄湖州张郎中》诗：“恨如春草多，事与孤鸿去。”
- **离宫：** 言行宫。《资治通鉴·隋纪四》：“自长安至江都，置离宫四十余所。”
- **最好挥毫万字，一饮拚千钟：** 化用宋欧阳修《朝中措·送刘仲原甫出守维扬》词：“文章太守，挥毫万字，一饮千钟。”拚，舍弃，不顾惜一切。

◎又

秦峰苍翠，耶溪潇洒，千岩万壑争流。鸳瓦雉城，谯门画戟，蓬莱燕阁三休。天际识归舟。泛五湖烟月，西子同游。茂草台荒，苎萝村冷起闲愁。

何人览古凝眸？怅朱颜易失，翠被难留。梅市旧书，兰亭古墨，依稀风韵生秋。狂客鉴湖头。有百年台沼，终日夷犹。最好金龟换酒，相与醉沧洲。

题解

这首词作于元丰二年（1079），秦观赴浙江绍兴（古称会稽）省亲，游太湖、鉴湖，谒禹庙，憩蓬莱阁，访兰亭，登临唱酬，此词遂作于其间。词中遍写浙中山水胜景，寻访古人之遗迹，并借此抒发怀古之幽思豪情。

注释

- **秦峰：** 即秦望山。《会稽三赋》："秦望山在会稽南四十里。"
- **耶溪：** 即若耶溪，在今绍兴市东南若耶山下，注入鉴湖。一名浣纱溪，相传为西施浣纱处。
- **潇洒：** 清幽、舒畅。唐李白《游水西简郑明府》诗："凉风日潇洒，幽客时憩泊。"
- **千岩万壑争流：** 语见南朝宋刘义庆《世说新语·言语》："顾长康（恺之）从会稽还，人问山川之美。顾云：'千岩竞秀，万壑争流，草木蒙笼其上，若云兴霞蔚。'"
- **鸳瓦：** 成偶之瓦谓之鸳鸯瓦。《邺中记》："邺中铜雀台皆鸳鸯瓦。”简称鸳瓦。唐王涯《望禁门松雪》诗：“依稀鸳瓦出，隐映凤楼重。”

- **雉城**：即雉堞，城上之女墙。
- **谯门**：城门楼，用以瞭望敌情。
- **蓬莱燕阁**：即蓬莱阁。燕，通“宴”，谓此阁宜于游乐宴会之用。
- **三休**：形容楼阁之高。汉贾谊《新书·退让》：“翟王使使至楚，楚王夸使者以章华之台，台甚高，三休乃至。”
- **天际识归舟**：语见南朝齐谢朓《之宣城郡出新林浦向板桥》诗：“天际识归舟，云中辨江树。”
- **五湖**：指太湖。
- **西子**：即西施。《越绝书》：“西施亡吴国后，复归范蠡，同泛五湖而去。”
- **台**：指姑苏台，故址在今江苏苏州西南。
- **苎萝村**：西施故里，在今浙江诸暨南门外五里，位于苎萝山下。《吴越春秋·勾践阴谋外传》：“（越）国中得苎萝山鬻薪之女曰西施、郑旦。”
- **梅市**：即梅福。《汉书·梅福传》：“梅福，字子真，九江寿春人也。少学长安，明《尚书》《穀梁春秋》，为郡文学，补南昌尉。……是时，成帝委任大将军王凤。凤专势擅朝……福孤远，又讥切王氏，故终不见纳……至元始中，王莽颛政，福一朝弃妻子，去九江，至今传以为仙。其后，人有见福于会稽者，变名姓，为吴市门卒云。”旧书，指梅福所习之《尚书》《穀梁春秋》等古籍。唐张籍《送李评事游越》诗：“梅市门何在，兰亭水尚流。”

- **兰亭：** 在今浙江绍兴西南二十七里，王羲之作《兰亭集序》处。兰亭古墨：指王羲之所书之名帖《兰亭集序》。

- **狂客：** 即贺知章。《旧唐书·文苑·贺知章传》：“（贺）知章晚年尤加纵诞，无复规检，自号四明狂客。”

- **鉴湖：** 即镜湖，在浙江绍兴。唐李白《对酒忆贺监二首》诗其二：“狂客归四明，山阴道士迎。敕赐镜湖水，为君台沼荣。”

- **夷犹：** 原意为迟疑不进，此有逍遥意。

- **金龟：** 唐代官员佩饰之一种，三品以上龟袋用金饰，称为金龟。金龟换酒，事见唐孟棨《本事诗·高逸》：“李太白初自蜀至京师，舍于逆旅。贺监知章闻其名，首访之。既奇其姿，复请所为文。出《蜀道难》以示之。读未竟，称叹者数四，号为谪仙，解金龟换酒，与倾尽醉，期不间日，由是称誉光赫。”

- **沧洲：** 犹言水滨，指隐者所居之地。《梁书·张充传》：“飞竿钓渚，濯足沧洲。”

◎又

梅英疏淡，冰澌溶泄，东风暗换年华。金谷俊游，铜驼巷陌，新晴细履平沙。长记误随车。正絮翻蝶舞，芳思交加。柳下桃蹊，乱分春色到人家。

西园夜饮鸣笳。有华灯碍月，飞盖妨花。兰苑未空，行人渐老，重来是事堪嗟。烟暝酒旗斜。但倚楼极目，时见栖鸦。无奈归心，暗随流水到天涯。

题解

词中西园为王诜延请苏轼诸名士燕游之所。王诜，字晋卿，尚英宗第二女魏国大长公主，为驸马都尉。刘克庄《西园雅集图跋》云："本朝戚畹，惟李端愿、王晋卿二驸马，好文喜士。世传孙巨源'三通鼓'、眉山公'金钗坠'之词，想见一时风流酝藉。未几乌台鞫诗案，宾主俱谪。"元祐八年（1093）九月，高太后崩，哲宗亲政，苏轼等再次被谪。词中"重来是事堪嗟"，指当时西园之冷落而言。

秦观于翌年三月被遣离京，此词即作于哲宗绍圣元年（1094），结句"无奈归心，暗随流水到天涯"，正是当时失落心情的写照。词中上阕记昔日游观之事。换头"西园"三句，极写灯火车骑之盛。与下文重来感旧形成对比，则备感凄清。此词炼字琢句，精美绝伦，用笔空灵动荡，将感伤失意之情以温婉平和之笔出之，余韵无穷，乃淮海词中上乘之作。

注释

- **冰澌**：流冰。《花草粹编》卷二载李子正《梅苑·减兰十梅序》："花虽多品，梅最先春，始因暖律之潜催，正值冰澌之初泮。"
- **溶泄**：形容水摇晃、荡漾的样子。
- **金谷**：古地名，在今河南省洛阳市东北。西晋石崇筑园于此，宾客游宴其中，世称金谷园。
- **铜驼巷陌**：《太平御览》卷一五八引陆机《洛阳记》载："洛阳有铜驼街。汉铸铜驼二枚，在宫西南四会道相对。俗语曰：'金马门外集众贤，铜驼陌上集少年。'"唐刘禹锡《杨柳枝》诗："金谷园中莺乱飞，铜驼陌上好风吹。"
- **长记误随车**：化用唐韩愈《嘲少年》诗："只知闲信马，不觉误随车。"
- **柳下桃蹊**：语见《史记·李广列传》："谚曰：'桃李不言，下自成蹊。'"
- **西园**：指汴京王诜之花园。
- **兰苑**：园林的美称，此指西园。
- **是事**：张相《诗词曲语辞汇释》卷一："是事，犹云事事或凡事也。"

◎又

奴如飞絮，郎如流水，相沾便肯相随。微月户庭，残灯帘幕，匆匆共惜佳期。才话暂分携。早抱人娇咽，双泪红垂。画舸难停，翠帏轻别两依依。

别来怎表相思？有分香帕子，合数松儿。红粉脆痕，青笺嫩约，丁宁莫遣人知。成病也因谁？更自言秋杪，亲去无疑。但恐生时注著，合有分于飞。

题解

此词为席间应歌之作，语言浅白，且杂以俚语，一如柳永词之作风，较少游其他作品更为朴拙。然其词淡语有味，浅语有致，款款传递出儿女分别时缠绵不尽的柔情。

注释

- **佳期**：原指与佳人约会，后指幽欢之日。
- **双泪红垂**：即红泪双垂，言别时伤心欲绝。
- **画舸**：即画船。
- **合数松儿**：指成双作对的松子。分香帕子、合数松儿皆别后寄赠之物，以寄托相思之意。
- **脆痕**：指女子娇嫩面庞上的泪痕。
- **青笺**：青色的信纸。古代蜀笺有十色，又有深青和浅青两种。
- **嫩约**：指不牢固的誓约。
- **于飞**：比翼而飞，喻夫妇好合。

沁园春

宿霭迷空，腻云笼日，昼景渐长。正兰皋泥润，谁家燕喜，蜜脾香少，触处蜂忙。尽日无人帘幕挂，更风递游丝时过墙。微雨后，有桃愁杏怨，红泪淋浪。

风流寸心易感，但依依伫立，回尽柔肠。念小奁瑶鉴，重匀绛蜡；玉笼金斗，时熨沉香。柳下相将游冶处，便回首、青楼成异乡。相忆事，纵蛮笺万叠，难写微茫。

题解

此词可能写在扬州时的冶游生活，似作于熙宁、元丰间家居之时。此首上阕写春景，下阕写春思。

注释

- **宿霭：** 隔夜尚存的雾气。唐韩愈《秋雨联句》诗：“安得发商飚，廓然吹宿霭。”
- **腻云：** 浓厚的云层。唐杜牧《春日茶山病不饮酒因呈宾客》诗：“山秀白云腻，溪光红粉鲜。”
- **兰皋：** 生长着兰草的水边高地。《楚辞·离骚》：“步余马于兰皋兮，驰椒丘且焉止息。”
- **谁家：** 张相《诗词曲语辞汇释》卷七：“谁家，估量辞，含有怎样、怎能、为什么、什么各意义。古人语简，笼统使用。家即价也。”宋陈师道《木兰花》词：“谁教言语似鹂黄，深闭玉笼千万怨。”言怎样的相似或何其相似也。此句言燕子衔兰皋之泥何其喜悦之意。
- **蜜脾：** 蜜蜂营筑连片蜂房，酿蜜其中，其形状如脾，故言蜜脾。唐李商隐《闺情》诗："红露花房白蜜脾，黄蜂紫蝶两参差。"

- **触处**：张相《诗词曲语辞汇释》卷六："触处，犹云到处或随处也。"白居易《春尽日宴罢感事独吟》诗："闲听莺语移时立，思逐杨花触处飞。"

- **游丝**：即蜘蛛等昆虫所吐的在空中游移之丝。北周庾信《春赋》："一丛香草足碍人，数尺游丝即横路。"

- **红泪淋浪**：比喻雨后桃杏上水珠不断下滴的样子。晋嵇康《琴赋》："纷淋浪以流离，奂淫衍而优渥。"

- **绛蜡**：本谓红烛，此处疑指花粉一类化妆品。

- **玉笼金斗**：玉笼，熏笼的美称；金斗，熨斗。

- **沉香**：香木，又称沉水香。唐李商隐《效徐陵体赠更衣》诗："轻寒衣省夜，金斗熨沉香。"

- **相将**：张相《诗词曲语辞汇释》："相将，犹云相与或相共也。"孟浩然《春情》诗："已厌交欢怜枕席，相将游戏绕池台。"

- **蛮笺**：即蜀笺。韩溥《以蜀笺寄弟洎》诗："十样蛮笺出益州，寄来新自浣溪头。"

- **微茫**：即渺茫。

水龙吟

小楼连远横空，下窥绣毂雕鞍骤。朱帘半卷，单衣初试，清明时候。破暖轻风，弄晴微雨，欲无还有。卖花声过尽、斜阳院落，红成阵，飞鸳甃。

玉珮丁东别后，怅佳期、参差难又。名缰利锁，天还知道，和天也瘦。花下重门，柳边深巷，不堪回首。念多情但有，当时皓月，向人依旧。

题解

秦观于元丰八年（1085）举进士，元祐元年（1086）丙寅至元祐五年（1090）任蔡州教授。据《苕溪渔隐丛话·前集》卷五〇引《高斋诗话》载：“少游在蔡州，与营妓娄琬字东玉者甚密，赠之词云‘小楼连远横空’，又云‘玉佩丁东别后’者是也。”此词当作于此期间。词上阕以轻倩之笔写春景，下阕伤春怀人，抒情柔婉，表达了对一女子怀思怅惘、眷眷不舍之情。

注释

- **下窥绣毂雕鞍骤：**绣毂，有华贵的彩饰的车辆。雕鞍，雕饰图案的马鞍。唐王勃《临高台》诗：“银鞍绣毂盛繁华，可怜今夜宿娼家。”韦庄《清平乐》词：“玉勒雕鞍何处？”
- **弄晴微雨：**谓微雨欲无还有，似捉弄晴天。苏轼《雪后到乾明寺遂宿》诗：“且看鸦鹊弄新晴。”
- **卖花声：**据宋孟元老《东京梦华录》卷七载：“是月季春，万花烂漫，牡丹芍药，棣棠木香，种种上市。卖花者以马头竹篮铺排，歌叫之声，清奇可听。晴帘静院，晓幕高楼，宿酒未醒，好梦初觉，闻之莫不新愁易感，幽恨悬生，最一时之佳况。”
- **甃甃（zhòu）：**谓用对称之砖瓦砌成的井壁。
- **参差：**即“差池”，意犹蹉跎，谓与事乖违，错过机会。
- **名缰利锁：**即名利羁绊。宋柳永《夏云峰》词：“向此免、名缰利锁，虚费光阴。”
- **和天也瘦：**和，即连意。言连天亦不免当此苦况而消瘦，更何况于人呢？

八六子

倚危亭，恨如芳草，萋萋刬尽还生。念柳外青骢别后，水边红袂分时，怆然暗惊。无端天与娉婷。夜月一帘幽梦，春风十里柔情。怎奈向、欢娱渐随流水，素弦声断，翠绡香减；那堪片片飞花弄晚，濛濛残雨笼晴。正销凝，黄鹂又啼数声。

题解

此词作于元丰三年（1080）。元丰二年岁暮，少游自会稽还家，自广陵经过邵伯斗野亭时回忆扬州恋人而作此词。全词辞采华美，叙情委婉，名句如“夜月一帘幽梦，春风十里柔情”“片片飞花弄晚，濛濛残雨笼晴”皆能融情于景，含蓄婉转，诉情凄楚迷离。

注释

- **恨如芳草：**意恨如芳草，绵延不绝。
- **青骢：**青白二色相间之马。
- **红袂：**红袖，代指佳人。
- **怎奈向：**即奈何，为什么。
- **素弦声断：**比喻情侣间感情破裂。
- **翠绡：**指香罗帕。
- **销凝：**也作消凝，为“销魂凝魂”的简约之辞。销魂与凝魂，同为出神之义。

风流子

东风吹碧草，年华换，行客老沧洲。见梅吐旧英，柳摇新绿；恼人春色，还上枝头。寸心乱，北随云黯黯，东逐水悠悠。斜日半山，暝烟两岸；数声横笛，一叶扁舟。

青门同携手，前欢记，浑似梦里扬州。谁念断肠南陌，回首西楼。算天长地久，有时有尽；奈何绵绵、此恨难休。拟待倩人说与，生怕人愁。

题解

此词作于绍圣元年（1094）由汴京贬往杭州之际。词中上阕“梅吐旧英，柳摇新绿”二句，写春天明丽景色，而词人正值遭贬，故言“恼人春色”。“寸心乱”下数句，上阕写词人北望京国，只觉云雾迷茫；东瞩征程，又感路途修远。下阕“将身世之感打并入艳情”，逐客情怀，寄寓颇深。

注释

- **行客：**出门在外之人。
- **恼人春色：**唐罗隐《春日叶秀才曲江》诗：“春色恼人遮不得，别愁如疟避还来。”
- **横笛：**竹笛，古又称横吹，相对直吹者而言。
- **青门：**汉时指长安城门。《三辅黄图·都城十二门》：“长安城东出南头第一门霸城门，民见门色青，名曰青城门，或曰青门。”

- **浑似：** 全似。张相《诗词曲语辞汇释》卷二：“浑犹全也。”
- **南陌：** 南郊的道路。梁武帝萧衍《河中之水歌》诗：“莫愁十三能织绮，十四采桑南陌头。”
- **“算天”四句：** 化用唐白居易《长恨歌》诗：“天长地久有时尽，此恨绵绵无绝期。”

梦扬州

晚云收。正柳塘、烟雨初休。燕子未归，恻恻轻寒如秋。小栏外、东风软，透绣帏、花蜜香稠。江南远，人何处？鹧鸪啼破春愁。

长记曾陪燕游。酬妙舞清歌，丽锦缠头。殢酒为花，十载因谁淹留？醉鞭拂面归来晚，望翠楼、帘卷金钩。佳会阻，离情正乱，频梦扬州。

题解

据《御定词谱》云:“宋秦观自制词，取词中结句为名。”元丰二年（1079）正月十五日，少游将如越，与从徐州转徙至湖州赴任的苏轼相遇，于是结伴而行，一起游览无锡、惠山、松江等地，至吴兴泊西观音院，遂起桑梓怀乡之情，此词当作于此时。词上阕写绣帏中人对征人之思念，下阕抒征人之离情。

注释

- **恻恻：**通“侧侧”，指寒侵肌肤的感觉。唐韩偓《寒食夜》诗:“恻恻轻寒剪剪风，杏花飘雪小桃红。”
- **东风软：**春风柔和。唐沈亚之《春色满皇州》诗:“风软游丝重，光融瑞气浮。”
- **鹧鸪：**鸟名。唐郑谷《席上贻歌者》诗:“座中亦有江南客，莫向春风唱鹧鸪。”

- **丽锦缠头：** 唐时风俗。《太平御览》卷八一五引《唐书》：“旧俗赏歌舞人，以锦彩置之头上，谓之缠头。”
- **殢（tì）酒：** 病酒，困于酒。唐韩偓《有忆》诗：“愁肠殢酒人千里。”
- **十载因谁淹留：** 淹留，长期逗留。此句化用唐杜牧《遣怀》诗：“十年一觉扬州梦。”言在扬州羁留之久。

雨中花

指点虚无征路，醉乘班虬，远访西极。正天风吹落，满空寒白。玉女明星迎笑，何苦自淹尘域？正火轮飞上，雾卷烟开，洞观金碧。

重重观阁，横枕鳌峰，水面倒衔苍石。随处有奇香幽火，杳然难测。好是蟠桃熟后，阿环偷报消息。任青天碧海，一枝难遇，占取春色。

题解

此词虽写梦境，然现实中亦有依凭，似与金山有关。元丰三年（1080），这一年苏辙将去高安赴任，经过高邮，与少游相从数日。苏辙有《游金山寄扬州鲜于子骏从事邵光》诗，诗云："僧居厌山小，面面贴苍石。"少游也有《和游金山》诗，云："忽蒙珠璧投，了与云峦遇。幽光炯肝肺，爽气森庭户。区中多滞念，方外饶奇趣。"此词与诸诗之意境、艺术构思相仿，应为同时之作。词作一空依傍，境界奇诡，气象恢宏，笔势飞舞，显示出了极高的艺术技巧，为淮海词中的"别调"。

注释

- **虚无：** 指虚无缥缈的境界。唐杜甫《送孔巢父谢病归游江东兼呈李白》诗："蓬莱织女回云车，指点虚无是征路。"
- **班虬（qiú）：** 色彩错杂斑斓的有角之龙。班，通"斑"，杂色。《楚辞·离骚》："纷总总其离合兮，班陆离其上下。"虬，有角之龙。宋洪兴祖《楚辞补注》："虬，龙类也。《说文》云龙之有角者。"

- **西极：** 西方极远之地。《列子·周穆王》："周穆王时，西极之国有化人来。"
- **火轮：** 指太阳。唐韩愈《桃源图》诗："夜半金鸡啁哳鸣，火轮飞出客心惊。"
- **鳌峰：** 鳌戴之峰。《列子·汤问》："渤海之东……有大壑焉……其中有五山焉……而五山之根，无所连著，常随潮波上下往还……帝恐流于西极……使巨鳌十五举首而戴之……五山始峙。"三国魏曹植《远游》诗："灵鳌戴方丈，神物俨嵯峨，仙人翔其隅，玉女戏其阿。"此词似源于此。
- **蟠桃：** 神话中的仙桃。《海内十洲记》载："东海有山名度索山，上有大桃树，蟠曲三千里，曰蟠木。"又《汉武帝内传》载："七月七日，西王母降，以仙桃四颗与帝，帝食辄留其核。王母问帝，帝曰：'欲种之。'母曰：'此桃三千年一生实，中夏地薄，种之不生。'帝乃止。"
- **阿环：** 传说中的上元夫人，此处以阿环比作西王母的信使。
- **青天碧海：** 语出自唐李商隐《嫦娥》诗："嫦娥应悔偷灵药，碧海青天夜夜心。"

一丛花

年时今夜见师师，双颊酒红滋。疏帘半卷微灯外，露华上、烟袅凉飔。簪髻乱抛，偎人不起，弹泪唱新词。

佳期谁料久参差？愁绪暗萦丝。想应妙舞清歌罢，又还对秋色嗟咨。惟有画楼，当时明月，两处照相思。

题解

宋哲宗元祐五年（1090），秦观被召至京师，授太学博士，开始了他长达四年的京都仕宦生活。其间，秦观常作狎邪游，与青楼女子多有往来，此词当作于此时。词上阕回忆当年与一个叫“师师”的歌妓欢会的情景，以及师师的娇羞痴情。下阕写别后相思，想象师师在妙舞清歌之后，面对秋色，也会深情地思念词人。全词真挚缠绵，一往情深，自有动摇人心之处。

注释

- **年时：** 宋时方言，犹当年或那时。
- **红滋：** 红润。
- **凉飔（sī）：** 凉风。
- **参差：** 错过。
- **当时明月：** 化用唐杜甫《月夜》诗“今夜鄜州月，闺中只独看。遥怜小儿女，未解忆长安。香雾云鬟湿，清辉玉臂寒。何时倚虚幌，双照泪痕干”诗意。

鼓笛慢

乱花丛里曾携手，穷艳景，迷欢赏。到如今谁把，雕鞍锁定，阻游人来往？好梦随春远，从前事、不堪思想。念香闺正杳，佳欢未偶，难留恋，空惆怅。

永夜婵娟未满，叹玉楼、几时重上？那堪万里，却寻归路，指《阳关》孤唱。苦恨东流水，桃源路、欲回双桨。仗何人细与，丁宁问呵，我如今怎向？

题解

此词当作于绍圣四年（1097）远谪郴州之后，词中所谓“那堪万里”即此。秦观远谪蛮荒，抑郁愁苦、回忆盛时美好时光，借相思怨别，两情缱绻之怀发之，而深寓感时伤怀、前路无着之痛。

注释

- **乱花：** 繁花。唐白居易《钱塘湖春行》诗：“乱花渐欲迷人眼，浅草才能没马蹄。”
- **欢赏：** 欢乐游赏。唐李白《观猎》诗：“不知白日暮，欢赏夜方归。”
- **雕鞍锁定：** 竭力挽留之意。宋柳永《定风波》词：“恨薄情一去，音书无个。早知恁么，悔当初，不把雕鞍锁。”
- **婵娟：** 指明月。宋苏轼《水调歌头》词：“但愿人长久，千里共婵娟。”

玉楼：女子所居之楼。唐温庭筠《菩萨蛮》词：“玉楼明月长相忆，柳丝袅娜春无力。”

《阳关》：即《阳关曲》，古代送别时所广为传唱的曲调，以唐王维《送元二使安西》为歌词。

桃源路：通往传说中的世外桃源仙境的道路。事出自晋陶渊明《桃花源记》：“晋太元中，武陵人捕鱼为业，缘溪行，忘路之远近，忽逢桃花林……林尽水源，便得一山，山有小口，仿佛若有光，便舍船，从口入……既出，得其船，便扶向路，处处志之。”

怎向：怎奈、奈何。

促拍满路花

露颗添花色，月彩投窗隙。春思如中酒，恨无力。洞房咫尺，曾寄青鸾翼。云散无踪迹。罗帐薰残，梦回无处寻觅。

轻红腻白，步步熏兰泽。约腕金环重，宜装饰。未知安否？一向无消息。不似寻常忆。忆后教人，片时存济不得。

题解

此词乃秦观追忆旧日所欢而作，属于淮海词中为应歌而作、涉及艳情的一类俗词。“不似寻常忆”，应该是在遭贬谪这种特殊环境中所作。词中上阕以一男子口吻，叙写春夜愁思，心爱之人相距咫尺却音信遥隔。下阕追忆女子容颜，抒辗转反侧相思之情。语言通俗浅俚，却含蓄不露。

注释

- **露颗：** 露珠。五代无名氏《菩萨蛮》词：“牡丹含露真珠颗。”
- **月彩：** 月光。唐虞世南《奉和月夜观星应令》诗：“早秋炎景暮，初弦月彩新。”
- **中酒：** 醉酒。唐杜牧《睦州四韵》诗：“残春杜陵客，中酒落花前。”
- **青鸾翼：** 青鸾，又称青鸟，喻书信。事见《山海经·大荒西经》：“西有王母之山……有三青鸟，赤首黑目。”郭璞注：“皆西王母所使也。”后称传信的使者为“青鸟”或“青鸾”。

○ **轻红腻白：** 指脂粉。

○ **兰泽：** 以兰浸油泽以涂头。《文选》宋玉《神女赋》：“沐兰泽，含若芳。”李善注：“以兰浸油泽以涂头。”

○ **约腕金环：** 约腕，戴在手腕上，金环，手镯。化用三国魏曹植《美女篇》诗：“攘袖见素手，皓腕约金环。”

○ **一向：** 许久意。张相《诗词曲语辞汇释》卷三：“一向，指示时间之辞；有指多时者，有指暂时者。秦观《促拍满路花》词：‘未知安否，一向无消息。’此犹云‘许久’。”

○ **存济：** 安顿或措置之义。张相《诗词曲语辞汇释》卷五：“秦观《促拍满路花》：‘未知安否，一向无消息。不似寻常忆。忆后教人，片时存济不得。’此意云身心安顿不得也。”

长相思

铁瓮城高，蒜山渡阔，干云十二层楼。开尊待月，掩箔披风，依然灯火扬州。绮陌南头，记歌名《宛转》，乡号温柔。曲槛俯清流，想花阴、谁系兰舟？

念凄绝秦弦，感深荆赋，相望几许凝愁。勤勤裁尺素，奈双鱼、难渡瓜洲。晓鉴堪羞，潘鬓点、吴霜渐稠。幸于飞、鸳鸯未老，不应同是悲秋。

题解

此词乃有感于镇江形胜风物所作。少游于熙宁九年（1076）访湖州李公择，经镇江；元丰二年（1079）夏四月乘苏轼官船赴越（浙江）省亲，途经润州，因大风留金山两日；元丰七年（1084）八月十九日与滕元发等会苏轼于金山，十月复来，作《宿金山》《金山晚眺》二诗，可见对镇江非常熟悉。此词当作于此期间。词上阕描述镇江景物及往昔欢娱；下阕“感深荆赋”，申《九辩》悲秋之意。而宋玉《九辩》中有“坎廪兮，贫士失职而志不平；廓落兮，羁旅而无友生”之句，似与词人之失意羁旅、坎坷遭遇相合。

注释

- **铁瓮（wèng）：**镇江古城名。《镇江府志》：“子城，吴大帝所筑，内外甃以甓，号铁瓮城。《图经》言：古号铁城者，以其坚固如金城也。”
- **蒜山：**《明一统志》：“蒜山在镇江府治西三里西津渡口，

北临大江，无峰岭，山多泽蒜，故名。或谓周瑜、孔明会此，计破曹操，人谓其多算，因亦名蒜山。”

- **干云：** 上触青云，极言高耸。语见汉司马相如《子虚赋》：“其山则交错纠纷，上干青云。”

- **绮陌：** 指纵横交错的道路。南朝梁简文帝《登烽火楼》诗：“万邑王畿旷，三条绮陌平。”

- **歌名《宛转》：** 即《宛转歌》，又叫《神女宛转歌》。晋刘妙容《宛转歌》：“歌宛转，宛转凄以哀。愿为星与汉，光影共徘徊。”

- **乡号温柔：** 即温柔乡。旧题汉伶玄《飞燕外传》：“是夜进合德，帝大悦，以辅属体，无所不靡，谓为温柔乡。谓嬺曰：‘吾老是乡矣，不能效武皇帝求白云乡也。’”

- **兰舟：** 即木兰舟。唐马戴《楚江怀古》诗：“猿啼洞庭树，人在木兰舟。”

- **秦弦：** 即秦筝，古代弦乐器，相传为秦蒙恬所造。唐岑参《秦筝歌送外甥萧正归京》诗：“汝不闻秦筝声最苦，五色缠弦十三柱。”

- **荆赋：** 指《楚辞》中宋玉的《九辩》。

- **凝愁：** 张相《诗词曲语辞汇释》卷五：“凝，为一往情深专注不已之义。犹今所云‘发痴’‘发怔’‘出神’‘失魂’也。”

- **勤勤：** 恳切至诚意。《汉书·司马迁传》：“曩者辱赐书，教以慎于接物，推贤进士为务，意气勤勤恳恳。”

- **尺素：** 指书信。古代以生绢作书，故名。古乐府《饮马长城窟行》诗：“客从远方来，遗我双鲤鱼。呼儿烹鲤鱼，中有尺素书。”

- **瓜洲：** 在今江苏扬州南四十里长江边，与镇江隔江相对。

- **晓鉴：** 即晓镜。唐李商隐《无题》诗：“晓镜但愁云鬓改，夜吟应觉月光寒。”

- **潘鬓：** 指头发斑白。《文选》潘岳《秋兴赋》：“余春秋三十有二，始见二毛。”李善注引杜预曰：“二毛，头白有二色也。”后以潘鬓指头发斑白。

- **吴霜：** 吴地的霜，常比喻白发。唐李贺《还自会稽歌》诗：“吴霜点归鬓，身与塘蒲晚。”

- **悲秋：** 语见战国宋玉《九辩》：“悲哉，秋之为气也！萧瑟兮，草木摇落而变衰。”

满庭芳

山抹微云，天连衰草，画角声断谯门。暂停征棹，聊共引离樽。多少蓬莱旧事，空回首、烟霭纷纷。斜阳外，寒鸦数点，流水绕孤村。

销魂，当此际，香囊暗解，罗带轻分。漫赢得、青楼薄倖名存。此去何时见也？襟袖上、空惹啼痕。伤情处，高城望断，灯火已黄昏。

题解

少游于元丰二年（1079）五月赴越（浙江）省亲，见祖父及叔父，并与郡守程师孟相处甚欢。一日程师孟设宴款待少游，席上少游对一歌妓心生悦慕。元丰二年岁暮，词中“衰草”“寒鸦”等景象与岁暮相合，少游离越，念及旧情，仍眷眷不能忘，遂作此词。

这首词是秦观享誉词坛的代表作。词起三句写萧肃衰飒之秋景，“衰草”“画角”已隐含离思。四、五两句叙饯别离绪，后追怀往事，未作滔滔叙写，只“空回首、烟霭纷纷”一笔带过，空灵迷离，遐想无边。“斜阳外”三句，上阕顿住，传神绵渺，尤见超逸。下阕遥接“蓬莱旧事”，纯叙离情，只是如“香囊暗解，罗带轻分”轻轻点到，自韵味无穷。又以“此去何时见也”问句振起，下答，将别离意绪推向高点。结笔登城遥望灯火阑珊，则余音袅袅，伤感无尽。此词写景凄迷，抒情婉转蕴藉，且“将身世之感打并入艳情”，确为词中之上品。名句“斜阳外，寒鸦数点，流水绕孤村”，写景生动，点化精妙，宋晁无咎评曰：“虽不识字人，亦知是天生好言语。”

注释

- **画角：** 古管乐器，出自西羌。形如竹筒，本细末大，以竹木或皮革制成，外饰彩绘，故名。军中多用之，发声凄厉高亢，以警晨昏，振士气。唐高适《送浑将军出塞》诗："城头画角三四声，匣里宝刀昼夜鸣。"
- **谯门：** 见《望海潮》（秦峰苍翠）"谯门"注。
- **征棹：** 代指行船。棹：船桨。
- **共引离樽：** 言饯行时举杯相属惜别。
- **"寒鸦"二句：** 化用隋炀帝《野望》诗："寒鸦飞数点，流水绕孤村。"
- **销魂：** 形容悲伤失意的情状。南朝江淹《别赋》："黯然销魂者，唯别而已矣！"
- **香囊：** 盛香的袋子，常随身佩戴以起装饰作用。古诗《孔雀东南飞》："红罗复斗帐，四角垂香囊。"宋贺铸《薄幸》词："便翡翠屏开，芙蓉帐掩，与把香罗偷解。"
- **罗带：** 古代男女定情之物，亦用于表示婚配。唐韦庄《清平乐》词："惆怅香闺暗老，罗带悔结同心。"
- **"谩赢"二句：** 化用唐杜牧《遣怀》诗："十年一觉扬州梦，赢得青楼薄倖名。"

◎又

红蓼花繁，黄芦叶乱，夜深玉露初零。霁天空阔，云淡楚江清。独棹孤篷小艇，悠悠过、烟渚沙汀。金钩细，丝纶慢卷，牵动一潭星。

时时，横短笛，清风皓月，相与忘形。任人笑生涯，泛梗飘萍。饮罢不妨醉卧，尘劳事、有耳谁听？江风静，日高未起，枕上酒微醒。

题解

此词于元丰二年（1079）中秋后一日与友人泛楚江而作。上阕写楚江秋夜月下泛舟垂钓，写景空灵幽寂，远隔尘俗。下阕层层推开，写词人忘怀物我，笑傲出尘之迹。全词用笔柔婉，写景雅洁，于超旷蝉蜕之思中透露出世事蹉跎、襟怀未伸之意。

注释

- **红蓼：** 草名，多生长在水边，红花。
- **霁天：** 雨雪后放晴的天空。
- **楚江：** 泛指楚地之水。
- **烟渚：** 烟雾笼罩的水中陆地。唐孟浩然《宿建德江》诗：“移舟泊烟渚，日暮客愁新。”
- **忘形：** 不拘形迹。
- **泛梗飘萍：** 比喻形迹漂泊不定。
- **尘劳事：** 谓扰乱身心的俗事。

◎又

碧水惊秋，黄云凝暮，败叶零乱空阶。洞房人静，斜月照徘徊。又是重阳近也！几处处、砧杵声催。西窗下，风摇翠竹，疑是故人来。

伤怀，增怅望，新欢易失，往事难猜。问篱边黄菊，知为谁开？谩道愁须殢酒，酒未醒、愁已先回。凭栏久，金波渐转，白露点苍苔。

题解

此词当在绍圣四年（1097）谪居郴州时作。上阕写秋景，创造出清冷孤寂的氛围；下阕书写思归情怀，句娴雅而情凄苦。少游词善于点化前人诗句，有出蓝之妙；又善于借景抒情，融情于景，词旨含蓄不尽，韵味深长，于此词可见。

注释

- **惊秋：** 惊感秋天已至，多指早秋。唐杜牧《早秋客舍》诗：“风吹一片叶，万物已惊秋。”
- **洞房：** 指深邃的内室。
- **重阳：** 农历九月初九，又称九日、重九。
- **砧杵：** 捣衣石与捣衣棒。《乐府诗集·子夜四时歌·秋歌》诗：“佳人理寒服，万结砧杵劳。”
- **“西窗”三句：** 化用唐李益《竹窗闻风寄苗发司空曙》诗：“微风惊暮坐，临牖思悠哉。开门复动竹，疑是故人来。”

◦ **怅望：** 怅然想望。唐杜甫《咏怀古迹》之二诗：“怅望千秋一洒泪，萧条异代不同时。”

◦ **“问篱”二句：** 暗指故园之思。晋陶潜《饮酒》第五诗：“采菊东篱下，悠然见南山。”

◦ **金波：** 状月光浮动，也以指月。《汉书·礼乐志》：“月穆穆以金波。”颜师古注：“言月光穆穆，若金之波流也。”

江城子

西城杨柳弄春柔，动离忧，泪难收。犹记多情曾为系归舟。碧野朱桥当日事，人不见，水空流。

韶华不为少年留，恨悠悠，几时休？飞絮落花时候一登楼。便做春江都是泪，流不尽，许多愁。

题解

绍圣元年（1094）春三月少游由于党争被贬出京，为杭州通判。词中“动离忧，泪难收”“飞絮落花时候”，时与事相合，词应作于此时。词言别情，抒发了往事难留、年光易逝的感慨。语言灵动妥帖，意脉含蓄，并有深婉不迫之趣。

注释

- **西城**：当指汴京顺天门外。宋晁端礼《水龙吟》词：“记南楼醉里，西城宴阕，都不管，人春困。”又称西池，因其地有金明池，故称。宋晁叔用《临江仙》词：“忆昔西池池上饮，年年多少欢娱。”
- **弄**：有戏弄、抚弄之意，衬托出杨柳在春光中生动妩媚的姿态。宋王雱《眼儿媚》词：“杨柳丝丝弄轻柔，烟缕织成愁。”
- **犹记多情曾为系归舟**：似指元祐七年（1092）西城宴集之事。《淮海集》卷九：“西城宴集，元祐七年三月上巳，诏赐馆阁官花酒，以中浣日游金明池、琼林苑，又会于国夫人园。会者二十有六人。”杨柳，古人常以杨柳喻人之多情。唐刘禹锡《杨柳枝》诗：“长安陌上无穷树，唯有垂杨管别离。”

- **韶华：**韶光，指青春年华。唐李贺《啁少年》诗：“莫道韶华镇长在，发白面皱专相待。”

- **飞絮落花：**指清明时节。五代张泌《江城子》词：“飞絮落花，时节近清明。”

- **便做：**张相《诗词曲语辞汇释》卷一：“做，犹使也，以应用于假设口气时为多。……秦观《江城子》词：‘便做春江都是泪，流不尽，许多愁。’朱淑真《蝶恋花》词：‘满目山川闻杜宇，便做无情，莫也愁人意。’……凡云便做，皆犹云便使或就使也。”

◎又

南来飞燕北归鸿，偶相逢，惨愁容。绿鬓朱颜重见两衰翁。别后悠悠君莫问，无限事，不言中。

小槽春酒滴珠红，莫匆匆，满金钟。饮散落花流水各西东。后会不知何处是？烟浪远，暮云重。

题解

此词为少游于哲宗元符三年（1100）在雷州时所作。这年正月，哲宗崩，徽宗即位，五月下赦免令，众多被贬之人北归回京。东坡从琼州北归，六月二十五日过雷州，与少游相会。词中“重见两衰翁”，指二人重逢，时东坡年六十四，少游亦五十二，久贬南荒，容颜老尽，故感慨深重。此词有着故友重逢的万般感慨，有着别后无着的牵挂之情，于灵动跳宕间寓沉郁之思。

注释

- **南来飞燕北归鸿：**南来燕，作者自喻。北归鸿，喻东坡自琼州北还。南朝陈江总《东飞伯劳歌》诗："南飞乌鹊北飞鸿。"此处仿其意。
- **绿鬓朱颜：**指青春年少时。南朝梁吴均《和萧洗马子显古意六首》其三诗："绿鬓愁中改，红颜啼里灭。"
- **小槽春酒滴珠红：**谓南方所造红酒，色味双绝。唐李贺《将进酒》诗："琉璃钟，琥珀浓，小槽酒滴真珠红。"
- **落花流水：**比喻聚后人散。宋柳永《雪梅香》词："雅态妍姿正欢洽，落花流水忽西东。"
- **暮云：**比喻友人千里遥隔。唐杜甫《春日忆李白》诗："渭北春天树，江东日暮云。"宋柳永《雨霖铃》词："念去去、千里烟波，暮霭沉沉楚天阔。"

◎又

枣花金钏约柔荑，昔曾携，事难期。咫尺玉颜和泪锁春闺。恰似小园桃与李，虽同处，不同枝。

玉笙初度颤鸾篦，落花飞，为谁吹？月冷风高此恨只天知。任是行人无定处，重相见，是何时？

题解

此词作于何时未考。词上阕写一歌妓的姿容及情愫暗传之意，虽近在咫尺，却不得相见；下阕回忆初见时女子吹笙的情态，并抒发了重见无期的憾恨之情。

注释

- **枣花金钏：** 刻有枣花的金镯。钏，俗称镯。唐徐贤妃《赋得北方有佳人》诗："腕摇金钏响，步转玉环鸣。"
- **柔荑：** 指茅草嫩芽，比喻女子的手。《诗经·卫风·硕人》："手如柔荑，肤如凝脂。"
- **玉颜：** 美女的容颜。
- **玉笙初度颤鸾篦：** 玉笙，笙之美称。唐储光羲《题太玄观》诗："行即翳若木，坐即吹玉笙。"古代歌妓常以笙伴奏。鸾篦，像鸾形的精美的篦子。唐李贺《秦宫》诗：

“鸾篦夺得不还人，醉睡氍毹满堂月。”颤，颤动。唐温庭筠《思帝乡》词：“回面共人闲语，战篦金凤斜。”战即颤。全句的意思是，一开始吹笙，因心情激动，头上的鸾篦也随之颤动起来。

满园花

一向沉吟久，泪珠盈襟袖。我当初不合苦撋就，惯纵得软顽，见底心先有。行待痴心守，甚捻著脉子，倒把人来僝僽。

近日来非常罗皂丑，佛也须眉皱。怎掩得众人口？待收了孛罗，罢了从来斗。从今后，休道共我，梦见也、不能得勾。

题解

此词应作于元祐五年至八年（1090—1093）供职秘书省期间。词受汴京勾栏艺人影响，或受歌妓之托，以当时白话俚语写情人间怄气情状，俏皮生动而本色毕现。

注释

- **一向沉吟久：**张相《诗词曲语辞汇释》卷三：“一向，犹云一味或一意也。……秦观《满园花》词：‘一向沉吟久，泪珠盈襟袖。’‘一向沉吟’，犹云一意沉吟也。”沉吟：深思。三国曹操《短歌行》诗：“但为君故，沉吟至今。”
- **抝就：**张相《诗词曲语辞汇释》卷五：“抝就，犹云迁就或温存也。……秦观《满园花》词：‘我当初不合苦抝就，惯纵得软顽，见底心先有。’‘苦抝就’，犹云太迁就也。”
- **惯纵：**纵容、放任，即过于宠爱之意。
- **软顽：**撒娇意。软，柔和；顽，嬉闹。
- **见底：**见什么。张相《诗词曲语辞汇释》卷一：“底，犹何也；甚也。”

捻著脉子： 医生用手给病人切脉。这里借指握着手臂。

僝僽（chán zhòu）： 张相《诗词曲语辞汇释》卷五：“僝僽，犹云怄气或骂詈也。黄庭坚《忆帝京》词：‘恐那人知后，镇把你来僝僽。’犹云把你来骂詈也。秦观《满园花》词：‘行待痴心守，甚捻著脉子，倒把人来僝僽。’义同上。”

罗皂： 同罗唣、啰唣，谓纠缠不休、搅扰。《水浒传》第五十一回：“孩儿快放了手，休要啰唣。”

“待收”二句： 意为从此罢休。孛罗，圆形竹篮，一称孛篮、蒲篮。斗，量器，容十升。元石子章《八声甘州》套：“收了孛篮罢了斗，那些儿自羞。”所引元曲，即沿袭宋代口语。

不能得勾： 不能够。

少年豪隽气如虹，
匹马雄趋仰令公。

秦观词·中卷

何意一经迁谪后，深愁只解怨飞红

二

少年豪隽气如虹，匹马雄趋仰令公。
何意一经迁谪后，深愁只解怨飞红。

我们曾经提出说，秦观的词表现有一种柔婉精微的特美。然而在史传的记述中，秦观却原来也还有另一种不同的面目。据《宋史·秦观传》，曾谓其“少豪隽，慷慨溢于文辞”，又谓其“强志盛气，好大而见奇。读兵家书，以为与己意合”。

在秦观之《淮海集》中，曾经编载有他的《进策》及《进论》多篇。其议论之所涉及者，上则有《国论》《治势》之策，下则有《法律》《财用》之制，论文治则有《主术》《任臣》之篇，言武功则有《将帅》《边防》之论，而又旁及于《辩士》《用奇》《谋主》等纵横之说，其所包含之范围可谓甚广，而莫不与治国安邦之大计结合有密切之关系。又曾撰有《郭子仪单骑见虏赋》，对于郭氏之“匹马雄趋，方传呼而免胄；诸羌骇瞩，俄下拜以投兵”（《淮海集》卷一）之声威功业，表现了一片仰慕之心。其少年时之强志盛气亦复从而可想。所以张綖在其所撰之《淮海集序》中，便曾经称述秦氏之著作，以为其可以“灼见一代之利害，建事撰策与贾谊、陆贽争长”。又谓其“少年慷慨论事，尝有系笞二虏回幽夏故墟之志”。从这些叙述来看，秦观在其文集的某些著作中，所表现的情意与风格，与他在小词中所表现的情意和风格，可以说有很大的不同。

关于这种不同的情况，张綖在其序文中也曾论及。张氏以为其“雄篇大笔，宛然古作者之风”的论著，方为其“精华”之所在，至于其“婉约绮丽之句，绰乎如步春时女，华乎如贵游子弟”者，则仅为其“绪余”而已。这种观点，就一般而言原是不错的。因为在北宋之时，文人学士们对于小词之写作，大多仍存有一种轻视之心理，即以晏殊、欧阳修、苏轼诸人言之，其词之创作纵然极有可观，但在其写作之心理方面，则大多也仍是以余力为之，而并未曾将之与其他学问文章之著作放在同等地位来看待。

这种情形本是明白可见的。然而有一点极值得注意之处，就是在这种余力为之的小词之写作中，他们却反而把自己所禀有的一种心性中之本质，在无意中做了更真实的流露。关于此点，我们曾引述过古人所谓“观人于揖让，不若观人于游戏”的话，来对之加以说明过。像这种情形，实在不仅欧阳修为然，就是在苏轼，以至于秦观的作品中，我们也都可以得到证明。所以如果就他们的正式论著而言，则无论为欧、为苏、为秦，可以说大都留有论列政事之作，而且都表现得有忠诚正直、关怀国事之志意，这正是作为儒家之士大夫，在“揖让”中所表现的相同的一面。可是在小词的写作中，他们却于无意中也流露了彼此心性中极为不同的一面。而且每个人所经历的挫折忧患越多，他们的心性之本质的不同，也就有了更为明显的表现。此在欧阳修而言，则其所表现者，乃为一份遣玩之意兴；在苏轼而言，则其所表现者，乃为一种超旷之襟怀；至于就秦观而言，则其所表现者，乃似乎但为一种敏锐善感之心性。所以苏轼虽然对秦观甚为称赏，但他们所写的词，却各有自己不同之风格。而且在经历贬谪之后，也各有自己不同之反应，这就正因为他们基本的心性原有所不同的缘故。

可是另外在志意方面，他们却也有相近之处。因此苏轼所称赏于秦观者，就不仅仅是他的才华，同时也是他的与苏轼相近的志意。即如苏轼在黄州时，曾写有《答秦太虚书》一篇，其中即曾云："窃为君谋，宜多著书，如所示论兵盗贼等数篇。但似此得数十首，皆卓然有可用之实者，不须及时事也。"（《苏东坡全集》前集卷三十）又在其《上荆公书》中，称美秦观，谓其"行义饬修，才敏过人，有志于忠义"（《苏东坡全集》续集卷十一）。凡此云云，都可见到苏轼所称赏于秦观者，原重在其豪俊慷慨有心用世之志意。这自然是因为秦观的这一类作品，与苏轼自己的慷慨用世之志意也有暗合之处的缘故。可是另一方面，则苏轼对于秦观所写的某些过于柔婉的情词，如其《满庭芳》（山抹微云）一首之"销魂，当此际"数语，则不免有讽谑之语 。这种记述实在就正显示了他们两人在志意方面虽有相近之处，而其心性之本质则是有所不同的。

苏轼性格中原具有两种特质：其一为慷慨用世之志意；另一则为超然旷达之襟怀。这二种特质，在苏轼性格中不仅皆为其所本有，而且更可以相互而为用，所以才能使得苏轼在入朝时，既常能保持其忠鲠之态度，在贬出时，也常能保持其超旷之襟怀。但就秦观言之，则其所具有之本质，实在是以其锐敏善感之心灵为主的。他少年时代之强志盛气，原来也就正是他的易感之心灵在某种外在情况中的一种锐敏的反应。盖以秦观既自负其才志之过人，又生当于文士喜欢论政的北宋之世，何况当时的北宋更是外有辽、夏之边患，内有新旧之党争。在如此多方面之刺激下，则其强志盛气之表现，自然也就正是其易感之心灵的一种敏锐的反应。然而可惜的是当其强志盛气在现实生活中受到挫伤时，他却既没有像欧阳修的豪宕的意兴可以自我遣玩，也没有像苏轼的旷达的襟怀可以自我慰解，而却只能以其锐敏之心灵毫无假借地去加以承受。所以一经挫折，便不免受到深重的伤害。

即如其在元丰初年应举不第之后，他马上就写了《掩关铭》，乃一反其早年之强志盛气的作风，而但云欲“退居高邮，杜门却扫，以诗书自娱”（《淮海集》卷三十三）了。但事实上秦观在此一段家居之期间，却不仅未曾真正享有“自娱”之乐，而且贫病交迫，又因见乡里友朋皆纷纷出仕，于是内心中乃充满了感慨哀伤。这在他给友人的许多书信中，都可得到证明。即如他在给苏轼的一封信中，即曾自叙云：“某鄙陋，不能脂韦婉娈，乖世俗之所好。比迫于衣食，强勉万一之遇，而寸长尺短，各有所施，凿圆枘方，卒以不合。……而田园之入，殆不足奉裘褐、供饘粥。犬马之情，不能无悒悒尔。”（《淮海集》卷三十《与苏先生简》）又在给李德叟的信中说：“某去年除日，还自会稽，乡里交朋，皆出仕宦，所与游者无一二人。杜门独居，日益寡陋。……颇负平时区区之意，夫复何言。”（《淮海集》卷三十《与李德叟简》）更在给参寥子的一封信中说：“仆自去年还家，人事扰扰。……但杜门块处而已，甚无佳兴。至秋得伤寒病，甚重，食不下咽者七日，汗后月余，食粥畏风。……事事俱废。”（《淮海集》卷三十《与参寥大师简》）从这些叙述来看，我们已足可见到，秦观虽然在文字议论中，也曾有强志盛气之表现，然而现实生活的挫折忧苦，却曾经给他的易感之心灵带来了何等沉重的摧伤。这种摧伤，对秦观的遭际而言，自然是不幸的。然而值得注意的则是，唯其他的强志盛气曾经受到过摧伤，更唯其这种摧伤是加在如秦观所具有的锐感的心灵之上，因而遂使得他在词的写作方面，超越了他自己早年的只以柔婉之本质为主的风格，而经由凄婉转为凄厉，创作出了一种在意境方面更具有深度的作品。而在此一转变之过程中，有一首可以作为转折之标志的作品，我以为就是他被贬谪到处州以后所写的《千秋岁》一词。

为了便于讨论，我们现在就把这首《千秋岁》词抄录下来一看：

水边沙外，城郭春寒退。花影乱，莺声碎。飘零疏酒盏，离别宽衣带。人不见，碧云暮合空相对。　忆昔西池会，鹓鹭同飞盖。携手处，今谁在。日边清梦断，镜里朱颜改。春去也，飞红万点愁如海。

这是秦观的一首著名的词，在宋人笔记中，对之曾有不少记述，见于吴曾《能改斋漫录》、曾季狸《艇斋诗话》及胡仔《苕溪渔隐丛话》引《复斋漫录》等书 。而大别之，则所记之内容主要约有两点：第一是和者之众。诸书中曾分别载有：苏轼、孔平仲（《能改斋漫录》引作孔毅甫，乃其字也）、黄庭坚及晁补之诸人和词（按《复斋漫录》引为晁氏之词者，据黄山谷《豫章黄先生词》及吴曾《能改斋漫录》当是黄氏之作。）总之，由于和者之众，足可见此词流传之广。第二是词意之哀。曾季狸《艇斋诗话》曾载云："方少游作此词时，传至余家丞相（按指曾布）。丞相曰：'秦七必不久于世，岂有"愁如海"而可存乎？'已而，少游果下世。"《独醒杂志》亦载云："少游作《千秋岁》词，毅甫（孔平仲）览至'镜里朱颜改'之句，遽惊曰：'少游盛年，何为言语悲怆如此？'遂赓其韵以解之。"要想了解这首词何以流传得如此之广，以及其词意何以写得如此之哀，我们就不得不对当时秦观写作此词之背景，先有一点大概之了解。

原来秦观自元丰初年应举不第，返回高邮家居以后，虽曾因贫病交迫，而一度意志消沉，但后来因为苏轼及鲜于侁诸人的勉励，而又重拾举业。他在另一篇写给苏轼的信中，便曾经说："辱诲谕，且令勉强科举。……重以亲老之命。……尽取今人所谓时文者读之，意谓亦不甚难。”又说：“子骏（即鲜于侁）以公言，顾遇甚厚。”（《与苏公先生简》之四，见《淮海集》卷三十）其后终于在元丰八年登进士第，除定海主簿，调蔡州教授。就在这一年神宗卒，哲宗即位，宣仁皇太后高氏用事，起用旧党之人。次年改元元祐。苏轼当时已被召还朝，遂与鲜于侁同以“贤良方正”荐秦观于朝。次年元祐二年，秦观曾一度奉召入京，但因为有忌者中伤，乃复引疾归蔡州。他在《与鲜于学士书》中，对此一经过曾经有所叙述（《淮海集》卷三十七）。其后在元祐三年，又因范纯仁之推荐，再度应诏入朝，他在《与许州范相公书》中，对此也曾有所叙述（《淮海集》附《后集》卷五）。于是秦观便在汴京参加了制科的考试，由太学博士迁秘书省正字，又于元祐八年七月，与黄庭坚同时被任命为国史院编修官（见龙榆生编校《豫章黄先生词》附《山谷先生年谱简编》）。

以上数年，可以说是苏轼、黄庭坚、秦观诸人，最为得志的一段时期。然而好景不长，就在这一年的九月，支持旧党的宣仁皇太后死去了。哲宗亲政以后，开始重任新党之人，于是他们这一批朋友们，乃相继被贬出。苏轼本来以端明殿学士兼翰林学士出知定州，绍圣元年诏谪英州，又于途中责授建昌军司马、惠州安置。黄庭坚则责授为涪州别驾，黔州安置。秦观则出为杭州刺史，又道贬监处州酒税。

就在他到达处州以后第二年的春天，当他游府治南园时，写了这一首《千秋岁》词。本来处州乃是今日浙江丽水县之地，由秦观这首词开端所写的"水边沙外，城郭春寒退。花影乱，莺声碎"几句来看，当地春天的景物原是极为美好的。这种情形，如果是欧阳修或者苏轼处之，则即使在贬谪之际，面对如此美景，也必然会有一种欣赏遣玩的豪情逸兴。然而以秦观之柔婉善感之心性，乃于贬谪之后，竟完全被挫伤所击倒，所以他接下去所写的，马上就是"飘零疏酒盏，离别宽衣带。人不见，碧云暮合空相对"的一片惆怅哀伤。于是今日的美景当前，乃都成了对昔日之良辰不再的悲哀的反衬。而他所追悼的昔日之良辰，还不仅是一般的欢会而已，而且结合着他当年与朋友们得志于朝时的许多用世之理想。所以这首词下半阕接下去写的，就是"忆昔西池会，鹓鹭同飞盖。携手处，今谁在"。

他所说的“西池会”，据他的本集来考证，原来他曾写有二首《西城宴集》诗，诗前有小序云：“元祐七年三月上巳，诏赐馆阁官花酒。以中浣日游金明池、琼林苑，又会于国夫人园，会者二十有六人。”（《淮海集》卷九）当时的盛况可见一斑。金明池在开封城西，故称西池。至于“鹓鹭同飞盖”，则指的是当时参加宴集的一同在朝中仕宦得志的友人。“鹓鹭”正指行列有序如同鹓鸟与鹭鸟之飞翔有序的朝官们，而“飞盖”则指的是朝官们所乘之车的伞盖在奔驰中的景象，同时也用了曹植《公宴》诗中的“清夜游西园，飞盖相追随”的形象，暗示了游宴之贵盛。经过这几句对昔日良辰之追忆以后，下面接着写的“日边清梦断，镜里朱颜改”两句，则是对理想之破灭、年华之不再的悲慨。

“日边”一句，用《宋书·符瑞志》所载“伊挚将应汤命，梦乘船过日月之旁”的故实，暗寓对仕宦之理想，而曰“清梦断”，则是指此一理想已经断灭无存，何况更继之以“镜里朱颜改”，岁月无情，年华有限，有此一句则所写便不仅是过去之理想已经断灭，而且是连未来之希望也完全断灭了。这真是斩尽杀绝的一句话。

所以后面的“春去也”三字，乃恍如决断之宣判，略无余地之可以回旋挽留矣。结尾的“飞红万点愁如海”一句，前四字“飞红万点”，是对于前一句之“春去也”的更为鲜明、更为具体的形象之呈现，而后三字之“愁如海”则是对自己今日之贬谪异地，理想断灭，年华不返、希望无存的一个整体的悲慨，因此以“海”为喻，固极见其深重之无可度量也。

所以《艇斋诗话》乃谓当时曾布读至此句，曾经产生过“秦七必不久于世，岂有‘愁如海’而可存乎”的慨叹。而《独醒杂志》亦曾载有孔平仲对其“镜里朱颜改”一句曾经产生过“少游盛年，何为言语悲怆如此”的慨叹。而殊不知这却正是一位敏锐善感的词人，既曾以其锐感发为盛气、更复以其锐感遭受挫伤之不幸的结果。所以苏轼及黄庭坚诸人，当时虽然也曾经同时遭到贬谪，甚至贬到比秦观所在之处州更为荒远的地方去，然而每个人的心性不同，因此遭遇不幸挫折之后的反应也不同，于是表现于作品中的内容及风格也就各自有了不同的特色。即如苏轼于绍圣元年十月被贬到惠州以后，也曾写有一首《浣溪沙》词，前有小序云：“绍圣元年十月二十三日与程乡令侯晋叔，归善簿谭汲，同游大云寺。野饮松下，设松黄汤，作此阕。”词云：“罗袜空飞洛浦尘。锦袍不见谪仙人。携壶藉草亦天真。玉粉轻黄千岁药，雪花浮动万家春。醉归江路野梅新。”黄庭坚在被贬到黔州以后，也曾写有一首《定风波》，题为“次高左藏使君韵”。词云：“万里黔中一漏天，屋居终日似乘船。及至重阳天也霁，催醉，鬼门关外蜀江前。莫笑老翁犹气岸，君看，几人黄菊上华颠？戏马台前追两谢，驰射，风流犹拍古人肩。”如果以这两首词来与秦观的《千秋岁》词相比较，我们就可以明显地看出，作者所禀赋的不同类型之心性，在词之写作中，会在风格方面造成怎样不同的差别。

本来如果以贬地而言，则苏轼所在的惠州及黄庭坚所在的黔州，都比秦观之贬地处州更为荒远；而以年龄而言，则苏轼比秦观年长有十三岁之多，黄庭坚也比秦观年长有四岁之多。当秦观于绍圣二年写这首《千秋岁》时，他其实只不过四十七岁而已，但却已发出了“日边清梦断，镜里朱颜改”的对过去之理想与将来之希望都全然断灭了的悲慨。可是远在惠州的六十岁的苏轼，却还能表现出“携壶藉草亦天真”和“醉归江路野梅新”的一片潇洒的情怀；而远在黔州的五十岁以上的黄庭坚也还能在“万里黔中一漏天”的环境中，表现出“戏马台前追两谢，驰射，风流犹拍古人肩”的一派傲岸的气骨；可是秦观却在“花影乱，莺声碎”的美景中，表现了“飞红万点愁如海”的一片深悲。

所以词虽小道，然而透过这些小词，其所显示的作者心性中之一种最窈眇幽微的本质上的差别，原来是极可玩味的。而要想对词有更为深入的欣赏和了解，也就贵在能对于这种窈眇幽微而又千变万化的每一位作者之心性，都能够有细致精确的分辨和掌握。以秦观而言，他在早年小词中所表现的纤柔婉约，他在策论中所表现的慷慨盛气，和他在中年受到挫折以后所表现的哀感凄厉，从表面看来，风格虽然各有不同，然而就其心性之本质而言，却原来正是有一贯之线索可以细加寻绎的。

叶嘉莹

迎春乐

菖蒲叶叶知多少，惟有个、蜂儿妙。
雨晴红粉齐开了，露一点、娇黄小。
早是被、晓风力暴，更春共、斜阳俱老。
怎得香香深处，作个蜂儿抱？

题解

此词疑是少游少时作品，词格调不高，以蜜蜂采蜜状比喻男女欢爱之情，词语俚俗。

注释

- **菖蒲：** 一种多生长于水石间的灵草，身茎翠绿，自带香气。
- **娇黄：** 指蜜蜂，色黄而小，故名。
- **晓风力暴：**《诗经 · 邶风 · 终风》："终风且暴。"《传》："暴，疾也。"
- **蜂儿抱：** 蜂拥采蜜状。唐韩偓《残春旅舍》诗："树头蜂抱花须落，池面鱼吹柳絮行。"

鹊桥仙

纤云弄巧，飞星传恨，银汉迢迢暗度。
金风玉露一相逢，便胜却、人间无数。
柔情似水，佳期如梦，忍顾鹊桥归路。
两情若是久长时，又岂在、朝朝暮暮。

题解

此词为少游广为传颂之名篇，作于何时不可考。词中借牛郎织女守望相待、一年一见的爱情传说，歌颂了人间坚贞不渝的爱情。此词历代好评如潮，明李攀龙《草堂诗馀隽》曰："相逢胜人间，会心之语。两情不在朝暮，破格之谈。七夕歌以双星会少别多为恨，独少游此词谓'两情'二句，最能醒人心目。"夏闰庵云："七夕词最难作，宋人赋此者，佳作极少，惟少游一首可观。"吴梅《词学通论》曰："《鹊桥仙》云：'两情若是久长时，又岂在朝朝暮暮。'《千秋岁》云：'春去也，飞红万点愁如海。'《浣溪沙》云：'自在飞花轻似梦，无边丝雨细如愁。'此等句，皆思路沉着，极刻画之工，非如苏词之纵笔直书也。北宋词家以缜密之思，得遒劲之致者，惟方回与少游耳。"

注释

- **纤云弄巧：** 纤云，纤细的云丝。弄巧，谓弄成巧妙的花样。秋云多变幻，俗称"巧云"。此处暗喻七夕，旧时七夕有乞巧的风俗。
- **飞星传恨：** 飞星，即流星。此句意为，流星飞越银河，似为牛郎织女传达离恨。

- **银汉迢迢暗度：** 银汉，即银河。《白氏六帖》：“天河谓之银汉，亦曰银河。”南朝宋鲍照《夜听妓》诗：“夜来坐几时，银汉倾露落。”暗度，谓牛郎、织女渡过银河。度，通“渡”。传说每年七夕牛郎织女渡河相会。南朝梁吴均《续齐谐记》：“桂阳成武丁有仙道，常在人间，忽谓其弟曰：‘七月七日，织女当渡河，诸仙悉还宫，吾向已被召，不得停，与尔别矣。’弟问曰：‘织女何事渡河？兄当何还？’答曰：‘织女暂诣牵牛，吾复三年当还。’明日，失武丁。至今云：织女嫁牵牛。”唐权德舆《七夕》诗：“今日云軿渡鹊桥，应非脉脉与迢迢。”

- **“金风”二句：** 金风，即秋风。《文选》张景阳《杂诗》之三：“金风扇素节，丹霞启阴期。”注：“西方为秋而主金，故秋风曰金风也。”玉露，晶莹的露珠。南朝陈徐陵《为护军长史王质移文》：“比金风已劲，玉露方团，宜及穷秋，幸逾高塞。”唐李商隐《辛未七夕》诗：“由来碧落银河畔，可要金风玉露时。”唐赵璜《七夕诗》：“莫嫌天上稀相见，犹胜人间去不回。”二句似本于此。又宋晁端礼《绿头鸭》词：“玉露初零，金风未凛，一年无似此佳时。”

- **柔情似水：** 语出宋寇准《夜度娘》诗：“柔情不断如春水。”

- **忍顾鹊桥归路：** 忍顾，怎忍回头。唐韩鄂《岁华纪丽》引《风俗通》：“织女七夕当渡河，使鹊为桥。”

- **朝朝暮暮：** 战国宋玉《高唐赋》：“妾在巫山之阳，高丘之阻，旦为朝云，暮为行雨，朝朝暮暮，阳台之下。”

菩萨蛮

虫声泣露惊秋枕，罗帏泪湿鸳鸯锦。
独卧玉肌凉，残更与恨长。
阴风翻翠幔，雨涩灯花暗。
毕竟不成眠，鸦啼金井寒。

题解

此词作于何时不可考，词中写一女子一夜未眠的孤寂情状，以鸳鸯锦反衬独居之冷清，情更不堪。词琢句精工，用词典丽，承五代花间之遗风。

注释

- **鸳鸯锦：**绣有鸳鸯图案的锦被。《花间集》卷四牛峤《菩萨蛮》词：“玉楼冰簟鸳鸯锦，粉融香汗流山枕。”
- **阴风翻翠幔：**阴风，即冷风，或谓冬风。翠幔，绿色帐幕。宋柳永《甘草子》（秋尽）词：“动翠幕，晓寒犹嫩。”
- **毕竟不成眠：**语出柳永《忆帝京》词其三：“毕竟不成眠，一夜长如岁。”
- **鸦啼金井寒：**唐李贺《河南府试十二月乐词·九月》诗：“鸡人罢唱晓珑璁，鸦啼金井下疏桐。”

减字木兰花

天涯旧恨，独自凄凉人不问。
欲见回肠，断尽金炉小篆香。
黛蛾长敛，任是东风吹不展。
困倚危楼，过尽飞鸿字字愁。

题解

此词似在绍圣三年（1096），少游被贬至湖南时所作。上阕写一女子室内之孤寂情状，下阕写女子倚楼之愁苦心境。用词如“回肠”“断尽”“长敛”“过尽”等，状离恨之至深至痛。全词通体悲凉，极尽顿挫之姿，可谓断肠之吟。

注释

- **回肠：**状思虑愁苦之极。汉司马迁《报任安书》：“肠一日而九回。”
- **篆香：**即盘香。宋洪刍《香谱》：“近世尚奇者，作香篆，其文准十二辰，分一百刻，凡然一昼夜乃已。”
- **黛蛾：**《事文类聚》：“汉明帝宫人梳百合分梢髻、同心髻，扫青黛蛾眉。”黛，青黑色颜料，用以画眉。蛾，蚕蛾触须细长而曲，借以形容女子之眉。《诗·卫风·硕人》：“螓首蛾眉。”

木兰花

秋容老尽芙蓉院，草上霜花匀似剪。
西楼促坐酒杯深，风压绣帘香不卷。
玉纤慵整银筝雁，红袖时笼金鸭暖。
岁华一任委西风，独有春红留醉脸。

题解

此词似绍圣三年（1096）作于长沙。据宋洪迈《夷坚志·己集》记载，长沙有母女二人善歌者，平素喜秦少游词，席间幸得见，劝酒侍奉左右，甚恭，并歌少游词一阕，欢饮而散。后少游乃作此词。词写女子虽秋容已老，然仍能玉指弹筝、春红醉脸，寄寓美人迟暮之感，于其中也隐含着自己的身世贬谪之悲，与白居易“同是天涯沦落人，相逢何必曾相识”同一感慨，只是一直述，一隐曲，各尽其妙。

注释

- **芙蓉：** 指木芙蓉，秋季开花，湖南一带多生长。唐谭用之《秋宿湘江遇雨》诗：“秋风万里芙蓉国，暮雨千家薜荔村。”
- **草上霜花匀似剪：** 化用唐李贺《北中寒》诗：“霜花草上大如钱，挥刀不入迷濛天。”
- **促坐：** 迫近而坐。《史记·滑稽列传》：“日暮酒阑，合尊促坐。”

- **银筝雁：** 筝，古乐器，其上弦柱斜设如雁行，并以银为饰。唐李商隐《昨日》诗：“十三弦柱雁行斜。”
- **金鸭：** 谓鸭形铜香炉。因体积较小，可笼在袖中。
- **春红：** 指酒后红晕。春，谓酒。唐杜甫《拨闷》诗：“闻道云安麴米春，才倾一盏即醺人。”

画堂春

落红铺径水平池，弄晴小雨霏霏。
杏园憔悴杜鹃啼，无奈春归。
柳外画楼独上，凭阑手捻花枝。
放花无语对斜晖，此恨谁知？

听叶嘉莹讲解吟诵至美秦观词

题解

此词作于元丰五年（1082）暮春时节，是年少游应礼部试，落第罢归，过南都新亭时作此词，以抒发抑郁感伤之怀。上阕写春光妩媚，然却难留的憾恨之情；下阕着笔于词人，独自赏花、放花，于孤寂中见出落寞无奈之情。此词用笔含蓄、寄情悠远，于恬淡中见沉着之思，也为少游上乘之作。

注释

- **弄晴：** 谓乍雨乍晴。弄，戏弄、作弄。
- **杏园：** 故址在今陕西西安市郊大雁塔南。唐时为新进士游宴之地。唐刘沧《及第后宴曲江》诗：“及第新春选胜游，杏园初宴曲江头。”杏园憔悴，有落第意。唐杜牧《杏园》诗：“莫怪杏园憔悴去，满城多少插花人。”
- **手捻花枝：** 古人以为表示愁苦无聊之动作，唐宋词中常用之。五代冯延巳《谒金门》词：“闲引鸳鸯香径里，手挼红杏蕊。”

千秋岁

水边沙外，城郭春寒退。花影乱，莺声碎。飘零疏酒盏，离别宽衣带。人不见，碧云暮合空相对。

忆昔西池会，鹓鹭同飞盖。携手处，今谁在？日边清梦断，镜里朱颜改。春去也，飞红万点愁如海。

题解

此词创作时间有二说。一说作于谪贬处州时，即当为绍圣三年（1096）春天。据秦瀛《淮海先生年谱》载，是时少游“尝游府治南园，作《千秋岁》词”。另一说以为作于谪衡阳时。宋曾敏行《独醒杂志》卷五：“秦少游谪古藤，意忽忽不乐，过衡阳，孔毅甫为守，与之厚，延留，待遇有加。一日，饮于郡斋，少游作《千秋岁》词。”此词一出，在当时即产生巨大影响，和者甚众，计有苏轼、黄庭坚、孔平仲（毅甫）、李之仪等多人，他们对少游或表示慰问，或致以悼念，形成当时词坛罕有之盛况。此词乃少游贬谪期间思京中故人兼自伤身世而作。起写眼前景物，春意盎然，然更反衬词人情怀的落寞。“人不见”，即指往日京中故友。故下阕直接回忆，即“忆昔”四句。后接沉痛语，言事功无望，青春不再，最后直言愁深似海。“春去也”两句，语意双关，既言眼前之春去，又言生命当归，词作不久即逝去。词人已矣，自作悼词，读之悲慨无边。

注释

- **“花影”二句：** 化用唐杜荀鹤《春宫怨》诗：“风暖鸟声碎，日高花影重。”乱，言花之繁茂。

- **“飘零”二句：** 化用《古诗十九首》之一：“相去日已远，衣带日已缓。”故沈际飞曰：“似汉魏人诗。”

- **碧云暮合空相对：** 化用南朝江淹《休上人怨别》诗：“日暮碧云合，佳人殊未来。”

- **“忆昔”二句：** 西池，即金明池。《汴京遗迹志》卷八：“金明池在城西郑门外西北，周回九里余。”鹓鹭，谓朝官之行列，因其整齐有序如鹓与鹭也。此二句似指元祐七年（1092）三月中浣“西城宴集”事，见《江城子》（西城杨柳弄春柔）“犹记多情曾为系孤舟”注。

- **日边：** 指帝都。南朝宋刘义庆《世说新语·夙惠》：“晋明帝数岁，坐元帝膝上。有人从长安来……因问明帝：‘汝意长安何如日远？’答曰：‘日远，不闻人从日边来，居然可知。’元帝异之。明日，集群臣宴会，告以此意，更重问之，乃答曰：‘日近。’元帝失色曰：‘尔何故异昨日之言邪？’答曰：‘举目见日，不见长安。’”后以日边指帝都。唐李白《行路难》诗其一：“闲来垂钓碧溪上，忽复乘舟梦日边。”

- **朱颜：** 指青春年华。五代南唐李煜《虞美人》词：“雕栏玉砌应犹在，只是朱颜改。”

踏莎行

雾失楼台，月迷津渡，桃源望断无寻处。
可堪孤馆闭春寒，杜鹃声里斜阳暮。
驿寄梅花，鱼传尺素，砌成此恨无重数。
郴江幸自绕郴山，为谁流下潇湘去！

题解

此词为秦观之代表作，作于绍圣四年（1097）秦观任郴州编管期间，写当时贬谪后极度悲郁之心境。上阕起写旅途昏暗迷茫的景色，已有归路茫茫之感。“可堪”二句，景中见情，极为精妙，万般愁苦袭来，不言愁而愁已难堪。下阕抒发身世无着、音信难通之憾恨，哀怨欲绝。至“郴江”二句，已是千回百折、喷薄而出之。读来字字血泪，少游至此，一扫绮罗香泽之态，变凄婉为凄厉矣。名句“可堪孤馆闭春寒，杜鹃声里斜阳暮”，情景交融，哀怨凄厉无边，王国维赏其为“有我之境”的佳句。

注释

- **月迷津渡**：谓月色昏暗朦胧，看不清渡口。津渡，即渡口。唐贾岛《送李馀及第归蜀》诗：“津渡逢清夜，途程尽翠微。”
- **桃源**：语出自陶渊明《桃花源记》。桃源，汉时属武陵郡，隋唐时为武陵县，宋时单独设置桃源县，以其地有桃花源而得名，在今湖南常德西。此句写寻觅世外仙境而不可得，并非实指。

- **可堪孤馆闭春寒：**可堪，那堪，哪里禁受得住。张相《诗词曲语辞汇释》卷一：“可，犹岂也；那也……李商隐《春日寄怀》诗：‘纵使有花兼有月，可堪无酒又无人。’可堪，那堪也。贺铸《清平乐》词：‘楚城满目春华，可堪游子思家。’义同上。”孤馆，即郴州旅舍。
- **杜鹃：**亦名杜宇、子规、鹈鴂，其鸣凄厉，声似“不如归去”，易使人动离愁。唐白居易《琵琶行》诗：“其间旦暮闻何物，杜鹃啼血猿哀鸣。”
- **驿寄梅花：**寄梅有赠别念远之意，典出自《荆州记》：“吴陆凯与范晔相善，自江南寄梅花一枝诣长安与晔，并赠花诗曰：‘折梅逢驿使，寄与陇头人。江南无所有，聊赠一枝春。’”
- **鱼传尺素：**见《长相思》（铁瓮城高）“尺素”注。
- **无重数：**无数重，因押韵而倒装。
- **幸自：**张相《诗词曲语辞汇释》卷二：“幸，犹本也；正也。……幸自，本自也。”
- **潇湘：**湘水在湖南零陵县西与潇水汇合，称潇湘。

蝶恋花

晓日窥轩双燕语，似与佳人，共惜春将暮。
屈指艳阳都几许，可无时霎闲风雨。
流水落花无问处，只有飞云，冉冉来还去。
持酒劝云云且住，凭君碍断春归路。

题解

此词作于何时无考。词以细腻绮丽之笔写尽伤春、惜春之意。姿态旖旎，笔调婉转，乃少游本色当行之作。

注释

- **都：**算来。唐白居易《自喜》诗：“身兼妻子都三口，鹤与琴书共一船。”
- **时霎：**霎时，依词律倒装。
- **流水落花无问处：**五代李煜《浪淘沙》词：“流水落花春去也，天上人间。”无问处，即无法问春之去处。
- **“持酒”二句：**表达伤春、惜春之意，借劝云而挽留春，表达尤为婉曲。与宋苏轼《虞美人》词“持杯遥劝天边月，愿月圆无缺。持杯复更劝花枝，且愿花枝常在、莫离披”笔法近似。

一落索

杨花终日空飞舞，奈久长难驻。
海潮虽是暂时来，却有个堪凭处。
紫府碧云为路，好相将归去。
肯如薄幸五更风，不解与花为主。

题解

这是一首模拟女子口吻而作的闺怨词，抒发了对男子杨花般薄幸、渴望与男子共赴美好生活而不得的怨恨之情。词语浅近而抒情婉转。

注释

- **“海潮”二句：**语化自唐白居易《浪淘沙》词：“借问江潮与海水，何似君情与妾心。相恨不如潮有信，相思始觉海非深。”
- **紫府：**仙宫。唐骆宾王《送王明府参选赋得鹤》诗：“振衣游紫府，飞盖背青田。”
- **相将：**张相《诗词曲语辞汇释》卷三：“相将，犹云相与或相共也。”唐孟浩然《春情》诗：“已厌交欢怜枕席，相将游戏绕池台。”
- **肯如：**张相《诗词曲语辞汇释》卷二：“肯如，岂如也。”此处意犹无奈。

丑奴儿

夜来酒醒清无梦，愁倚阑干。
露滴轻寒，雨打芙蓉泪不干。
佳人别后音尘悄，瘦尽难拚。
明月无端，已过红楼十二间。

题解

此词具体创作年份不详。词作抒发了词人月夜醉酒之后，因佳人不能相见而相思瘦损的怅惘之情。

注释

- **芙蓉：** 荷花，借喻面容。唐白居易《长恨歌》诗："芙蓉如面柳如眉，对此如何不泪垂。"
- **音尘：** 消息。南朝宋谢庄《月赋》："美人迈兮音尘阙，隔千里兮共明月。"
- **瘦尽难拚：** 谓别后因思念而瘦损，然此念仍难摒弃。拚（pàn）：舍弃，不顾惜。宋时俗语。宋柳永《昼夜乐》词："早知恁地难拚，悔不当时留住。"
- **"明月"二句：** 谓明月无情，只匆匆过去。无端，无来由，埋怨之词。红楼十二间，十二楼为神仙住所。

南乡子

妙手写徽真，水剪双眸点绛唇。
疑是昔年窥宋玉，东邻，只露墙头一半身。
往事已酸辛，谁记当年翠黛颦？
尽道有些堪恨处，无情，任是无情也动人。

题解

此词乃题崔徽半身像而作。元丰元年（1078）夏四月，少游拜访在徐州做知府的苏东坡，盘桓甚久。当时苏轼收到章质夫所寄崔徽之画像，少游得睹崔徽之像，因而赋此词。词作以典雅清丽之笔，不着色相，遗貌取神，写尽画像中女子之传神美丽，令人生无限遐想。

注释

- **徽真：**徽，即崔徽，一女子。真，画像。
- **水剪双眸：**谓女子之画像逼真传神，尽在眉眼。唐李贺《唐儿歌》诗："一双瞳人剪秋水。"
- **"疑是"三句：**典出自战国宋玉《登徒子好色赋》："天下之佳人，莫若楚国。楚国之丽者，莫若臣里。臣里之美者，莫若臣东家之子。东家之子，增之一分则太长，减之一分则太短；着粉则太白，施朱则太赤；眉如翠羽，肌如白雪……嫣然一笑，惑阳城，迷下蔡。然此女登墙窥臣三年，至今未许也。”

- **尽道：** 尽管是。
- **任是无情也动人：** 语出唐罗隐《牡丹》诗：“若教解语应倾国，任是无情亦动人。”

醉桃源

碧天如水月如眉，城头银漏迟。
绿波风动画船移，娇羞初见时。
银烛暗，翠帘垂，芳心两自知。
楚台魂断晓云飞，幽欢难再期。

题解

此词应是秦观早年于扬州应歌之作，写初次幽会时的艳情。词层次井然，先写夜色，再写相见、欢会的情形，最后言人散难期的憾恨之情。

注释

- **碧天如水：** 语出自唐温庭筠《瑶瑟怨》诗：“冰簟银床梦不成，碧天如水夜云轻。”
- **城头银漏迟：** 城头，似指扬州城头。银漏，古代计时器物，亦名“漏壶”“玉漏”。
- **“楚台”句：** 楚台，即楚王台。晓云，即朝云。

河传

乱花飞絮，又望空斗合，离人愁苦。

那更夜来，一霎薄情风雨。暗掩将，春色去。

篱枯壁尽因谁做？若说相思，佛也眉儿聚。

莫怪为伊，底死萦肠惹肚。为没教，人恨处。

题解

此词似作于绍圣三年（1096）暮春。当时少游被贬处州，常去寺中修行忏悔。朝廷遣使督查，以写佛书罪告少游，少游后又被远贬郴州。少游此词以艳情喻近况。上阕先言春光难留，“一霎薄情风雨。暗掩将，春色去”，喻情势突变，境遇更为险恶。下阕“佛也眉儿聚”，言事故应与佛事有关。

注释

- **“乱花”二句：**乱花，指漫天飞舞的落花。望空，向空中。斗合，犹拼凑合拢。张相《诗词曲语辞汇释》卷二：“斗，犹凑也；拼也；合（入声）也。合如合药、合金之合。李贺《梁台古意》诗：‘台前斗玉作蛟龙，绿粉扫天愁露湿。’王琦注：‘木石镶榫合缝之处谓之斗。’……史介翁《菩萨蛮》词：‘柳丝轻扬黄金缕，织成一片纱窗雨。斗合做春愁，困慵熏玉篝。’”

- **篱枯壁尽：** 谓篱壁间物已经枯尽。南朝宋刘义庆《世说新语·排调》：“桓玄素轻桓崖。崖在京下有好桃，玄连就求之，遂不得佳者。玄与殷仲文书以为嗤笑曰：‘德之休明，肃慎贡其楛矢；如其不尔，篱壁间物亦不可得也。’”后世遂以“篱壁间物”谓家园中花木及所产之物。

- **眉儿聚：** 即皱眉。此句以佛为喻，言相思极苦。

- **底死：** 通“抵死”。张相《诗词曲语辞汇释》卷一：“抵死，……亦犹云终究或老是也。……亦作底死。柳永《满江红》词：“不会得都来些子事，甚恁底死难拚弃。”此终究义。

◎又

恨眉醉眼，甚轻轻觑著，神魂迷乱。
常记那回，小曲阑干西畔。鬓云松，罗袜刬。
丁香笑吐娇无限，语软声低，道我何曾惯。
云雨未谐，早被东风吹散。
闷损人，天不管。

题解

此词为少游为应歌所作的艳词。词以香艳之笔摹写了男女欢会的情形，词语浅露俚俗。

注释

- **甚：** 张相《诗词曲语辞汇释》卷二："甚，犹是也；正也；真也。词中每用以领句，与甚么之甚作怎字、何字义者异。……杨樵云《满庭芳》词《咏影》：'甚徘徊窥镜，交翼鸾文。'甚徘徊云云，犹云是徘徊云云也。"
- **罗袜刬（chǎn）：** 只穿袜子履地行走。张相《诗词曲语辞汇释》卷四："刬，犹只也。……李后主《菩萨蛮》词：'刬袜下香阶，手提金缕鞋。'惟其提鞋于手中，则着袜而行，故曰刬袜也，言只有袜也。"
- **丁香：** 又名鸡舌香，其花蕾与果实晒干后有馥郁香味。
- **语软：** 谓语音柔美。
- **云雨未谐：** 谓男女幽欢未洽。

浣溪沙

漠漠轻寒上小楼，晓阴无赖似穷秋，淡烟流水画屏幽。

自在飞花轻似梦，无边丝雨细如愁，宝帘闲挂小银钩。

题解

此词为秦少游名篇，最能体现其词作的风格。词情景交融，景中见情，轻灵异常。上阕起言登楼，次怨晓阴，末述幽境。下阕起对句，写花轻雨细，境界幽深微妙。“宝帘”句，绝妙之笔，使全篇灵动，有此一句，则将帘外之愁境与帘内之愁人，融为一体。此词妙在愁绪无端，又不可指实，清婉而有余韵。名句“自在飞花轻似梦，无边丝雨细如愁”，造语新奇，韵味无穷。沈祖棻《宋词赏析》说：“过片一联，正面形容春愁。它将细微的景物与幽渺的感情极为巧妙而和谐地结合在一起，使难以捕捉的抽象的梦与愁成为可以接触的具体形象。”

注释

- **漠漠：**广漠无声貌。唐韩愈《同水部张员外籍曲江春游寄白二十二舍人》诗：“漠漠轻阴晚自开，青天白日映楼台。”

- **晓阴无赖似穷秋：**无赖，犹无奈，又转为烦扰、憎恶之语。穷秋，即晚秋。南朝梁鲍照《代白纻曲》诗之一：“穷秋九月荷叶黄，北风驱雁天雨霜。”

◎又

香靥凝羞一笑开，柳腰如醉暖相挨，日长春困下楼台。

照水有情聊整鬓，倚栏无绪更兜鞋，眼边牵系懒归来。

题解

这首词表现了一个怀春女子同情人约会的过程。从约会前的略带羞怯，到相会时“暖相挨”的风情万种，再到耳鬓厮磨后的“整鬟”“兜鞋”，风姿绰约可见，最后写离别时的依依不舍、脉脉含情。整个过程既香艳旖旎，又真切自然，别有风韵。

注释

- **香靥：**秀艳脸颊上的酒窝。靥，酒窝。
- **照水有情聊整鬟：**唐皇甫松《天仙子》词：“踯躅花开红照水。”写女子姿态富于情韵。
- **兜鞋：**鞋后跟脱落，以手拔起。宋向子諲《鹧鸪天》词：“垂玉箸，下香阶。凭肩小语更兜鞋。”

◎又

霜缟同心翠黛连，红绡四角缀金钱，恼人香爇是龙涎。

枕上忽收疑是梦，灯前重看不成眠，又还一段恶因缘。

题解

此词上阕写女子闺中华贵的陈设，下阕似写女子与情人相见既惊喜又相嗔怨（“恶因缘”）的情境。

注释

- **霜缟同心翠黛连：** 霜，素白色。缟，未经染色的生绡。此处应指纱帐。同心，指同心结，用以象征坚贞的爱情。翠黛，黛青色的眉毛。
- **红绡四角缀金钱：** 意境与古诗《孔雀东南飞》“红罗复斗帐，四角垂香囊”相近。
- **香爇（ruò）：** 燃香。
- **龙涎：** 名贵香料。
- **“枕上”二句：** 意境与唐杜甫《羌村》诗“夜阑更秉烛，相对如梦寐”相似。

◎又

脚上鞋儿四寸罗，唇边朱粉一樱多。见人无语但回波。

料得有心怜宋玉，只应无奈楚襄何。今生有分共伊么？

题解

此词应为应歌而作的艳词。词上阕写女子的装束、容颜，且眉目含情；下阕用宋玉、楚襄王典，表达相互悦慕之意。

注释

- **一樱多：**谓唇略大于樱桃。
- **回波：**回眸。波，秋波，喻女子眼光。
- **“料得”二句：**宋玉，战国楚辞赋家，或说是屈原弟子，曾事楚顷襄王为大夫。楚襄，即楚顷襄王。战国宋玉《神女赋》：“楚襄王与宋玉游于云梦之浦，使玉赋高唐之事。其夜王寝，果梦与神女遇，其状甚丽。”两句化自唐李商隐《席上作》诗：“料得也应怜宋玉，一生惟事楚襄王。”

◎又

锦帐重重卷暮霞，屏风曲曲斗红牙，恨人何事苦离家。

枕上梦魂飞不去，觉来红日又西斜，满庭芳草衬残花。

题解

此词写女子孤寂相思之怀。上阕写女主人公孤寂幽独的处境，“恨人”句点出相思怨抑之情。下阕一联集中抒发相思离别之苦，结句以眼前之景更衬托出此时的孤寂。全词情意深致。

注释

- **斗红牙：** 斗，张相《诗词曲语辞汇释》卷二：“斗，犹凑也；拼也；……秦观《浣溪沙》词：‘锦帐重重卷暮霞，屏风曲曲斗红牙。’亦拼凑义。”红牙，乐器名，即拍板，亦名牙板、檀板，因其色红，故名。
- **满庭芳草衬残花：** 语出唐吴融《废宅》诗：“几树好花闲白昼，满庭荒草易黄昏。”

如梦令

门外鸦啼杨柳，春色着人如酒。
睡起熨沉香，玉腕不胜金斗。
消瘦，消瘦，还是褪花时候。

题解

此词作于何时不可考。词起笔写室外的春色，次写闺室中佳人娇懒无力情态，最后以残花消退作结，以花之凋残暗喻美人之迟暮，意味深厚。词摹写女子春日闺室生活情状，与温庭筠《菩萨蛮》（小山重叠金明灭）同一机杼。

注释

- **着人：**袭人。张相《诗词曲语辞汇释》卷三：“着，犹中也；袭也；惹或迷也。……贺铸《浣溪沙》词：‘连夜断无行雨梦，隔年犹有着人香。’此所云着人，犹云惹人或迷人也。秦观《如梦令》词云：‘门外鸦啼杨柳，春色着人如酒。’李之仪《谢池春》词：‘着人滋味，真个浓如酒。’……义均同上。”着，通“著”。
- **“睡起”二句：**言佳人娇慵无力，提不起压沉香的熨斗。语化自唐李商隐《效徐陵体赠更衣》诗：“轻寒衣省夜，金斗熨沉香。”
- **褪花：**指花萎谢褪色。宋苏轼《蝶恋花》词：“花褪残红青杏小。”

◎又

遥夜沉沉如水，风紧驿亭深闭。
梦破鼠窥灯，霜送晓寒侵被。
无寐，无寐，门外马嘶人起。

题解

绍圣三年（1096），少游自处州再贬，冬季至郴阳道中，这首词当作于是年冬，写驿亭苦况。起笔写驿外冬日之寒寂，次写驿馆内词人夜晚之凄苦，以鼠之窥灯更衬托出惊恐且荒凉难挨的境况，最后一夜无眠，情怀正恶，而门外马嘶又催人上路。全词道旅途之艰辛凄苦，以至于不堪矣。

注释

- **驿亭：** 古代设于官道旁供官员和差役住宿、换马的馆舍。
- **鼠窥灯：** 饥鼠欲偷吃灯盏中豆油。

◎又

幽梦匆匆破后，妆粉乱痕沾袖。
遥想酒醒来，无奈玉销花瘦。
回首，回首，绕岸夕阳疏柳。

题解

此词写女子梦醒后消瘦无聊的情状。起笔写梦醒后佳人妆容凌乱，次写女子酒后之容颜消瘦憔悴，最后以夕阳中的柳树作结，韵味无穷，又隐隐有美人迟暮之叹。

注释

- **妆粉乱痕沾袖：**意境与唐白居易《琵琶行》诗“夜深忽梦少年事，梦啼妆泪红阑干”相似。
- **玉销花瘦：**玉，玉颜。形容女子消瘦。语出自唐韩偓《思归乐》诗：“泪滴珠难尽，容殊玉易销。”

◎又

楼外残阳红满，春入柳条将半。桃李不禁风，回首落英无限。肠断，肠断，人共楚天俱远。

题解

观“人共楚天俱远”句，似为绍圣四年（1097）春贬郴州时所作。词起笔写春色，次着笔暮春之落英，也喻指身世之飘零无助，最后抒发词人南贬而痛苦茫然的心境。以景写情，语淡而情苦。

注释

- **肠断：**形容悲痛至极。
- **楚天：**泛指南方的天空。宋柳永《雨霖铃》词：“念去去、千里烟波，暮霭沉沉楚天阔。”

◎又

池上春归何处？满目落花飞絮。
孤馆悄无人，梦断月堤归路。
无绪，无绪，帘外五更风雨。

题解

此词应为绍圣四年（1097）暮春，少游在郴州旅舍所作，与前《踏莎行》词，有句云“可堪孤馆闭春寒，杜鹃声里斜阳暮”，同是“孤馆”，同为“春归”时刻，同写思归情怀。词见落花飞絮而起思归之情，以“帘外五更风雨”之景结，言有尽而味无穷，意自深厚凄苦。

注释

- **帘外五更风雨：**语见宋李清照《浪淘沙》词：“帘外五更风，吹梦无踪。”

阮郎归

褪花新绿渐团枝，扑人风絮飞。
秋千未拆水平堤，落红成地衣。
游蝶困，乳莺啼，怨春春怎知。
日长早被酒禁持，那堪更别离！

题解

此词上阕写春日飞絮落花之情景，清丽灵动；下阕写蝶莺怨春之短暂易逝，以及词人在春光中之离愁别绪，语淡有味。

注释

- **地衣：**地毯。五代南唐李煜《浣溪沙》词："红锦地衣随步皱。"喻落花之厚积。
- **禁持：**摆布。

◎又

宫腰袅袅翠鬟松，夜堂深处逢。
无端银烛殒秋风，灵犀得暗通。
身有恨，恨无穷，星河沉晓空。
陇头流水各西东，佳期如梦中。

题解

此为少游艳情之作。词上阕写男女深夜幽会的情形，下阕抒发拂晓时分别以及重见无期的憾恨之情。

注释

- **宫腰：** 细腰。
- **灵犀：** 旧说犀牛角中有白纹如线，连接两端，感应灵敏。因此用灵犀比喻两心相通。唐李商隐《无题》诗：“身无彩凤双飞翼，心有灵犀一点通。”
- **星河：** 即银河。唐杜甫《阁夜》诗：“五更鼓角声悲壮，三峡星河影动摇。”
- **陇头流水：** 喻离别。语出古乐府《陇头歌辞》：“陇头流水，流离山下。念吾一身，飘然旷野。”

◎又

潇湘门外水平铺，月寒征棹孤。
红妆饮罢少踟蹰，有人偷向隅。
挥玉筋，洒真珠，梨花春雨馀。
人人尽道断肠初，那堪肠已无！

题解

绍圣三年（1096），少游自处州贬徙郴州，途经湖南长沙，词应作于此时，写与长沙义妓分别时情怀。上阕写城外分别时伤感失落之情形；下阕写女子泪落之姿容，最后抒发悲伤已极的心情。

注释

- **潇湘门：** 指古代长沙之城门。
- **向隅：** 面向屋角伤心哭泣。典出汉刘向《说苑·贵德》："今有满堂饮酒者，有一人独索然向隅而泣，则一堂之人皆不乐矣。"
- **玉筯（zhù）：** 喻女子眼泪。南朝刘孝威《独不见》诗："谁怜双玉筯，流面复流襟。"
- **梨花春雨馀：** 喻女子伤心流泪时动人情态。语出唐白居易《长恨歌》："玉容寂寞泪阑干，梨花一枝春带雨。"
- **人人：** 张相《诗词曲语辞汇释》卷六："人人，对于所昵者之称，多指彼美而言。欧阳修《蝶恋花》词：'翠被双盘金缕凤，意得前春，有个人人共。'黄庭坚《少年心》词：'似合欢桃核，真堪人恨，心儿里有两个人人。'……玩上各证，知以情语、腻语为多也。"

◎又

湘天风雨破寒初，深沉庭院虚。
丽谯吹罢《小单于》，迢迢清夜徂。
乡梦断，旅魂孤，峥嵘岁又除。
衡阳犹有雁传书，郴阳和雁无。

题解

哲宗绍圣四年（1097），少游贬居郴州，亲朋音讯久疏，故词中云："衡阳犹有雁传书，郴阳和雁无。"据"峥嵘岁又除"句，此词应作于此年除夕。此词上阕写除夕夜的荒寒，其中又传来了《小单于》的凄音，更增添了清冷孤寂的氛围。下阕抒发了思乡怀远之情，情感层层推高，最后言郴阳雁迹不到，更不要说传信了，结句备感愁怀难释。

注释

- **湘天：** 泛指今湖南地区，郴州属湘地。
- **丽谯吹罢《小单于》：** 丽谯，指谯楼，即城门上的更鼓楼。《小单于》，宋郭茂倩《乐府诗集》卷二十四："按唐大角曲亦有《大单于》《小单于》……今其声犹有存者。"宋吴亿《烛影摇红·上晁共道》词："楼雪初消，丽谯吹罢《单于》晚。"
- **清夜徂：** 徂，到、开始。语见唐杜甫《倦夜》诗："万事干戈里，空悲清夜徂。"

◎“衡阳”二句：衡阳，今湖南衡阳。宋陆佃《埤雅·释鸟》：“鸿雁南翔，不过衡山。盖南地极燠，雁望衡山而止，恶热故也。”雁传书，事见《汉书·李广苏建传》：“昭帝即位数年，匈奴与汉和亲，汉求武等。匈奴诡言武死。后汉使复至匈奴，常惠请其守者与俱，得夜见汉使，具自陈过，教使者谓单于，言天子射上林中，得雁，足有系帛书，言武等在荒泽中。使者大喜，如惠语以让单于。单于视左右而惊，谢汉使曰：‘武等实在。’”和雁无，张相《诗词曲语辞汇释》卷一：“和，犹连也。秦观《阮郎归》词：‘衡阳犹有雁传书，郴阳和雁无。’言连传书之雁亦无有也。”

满庭芳·咏茶

北苑研膏，方圭圆璧，万里名动京关。碎身粉骨，功合上凌烟。尊俎风流战胜，降春睡、开拓愁边。纤纤捧，香泉溅乳，金缕鹧鸪斑。

相如，方病酒，一觞一咏，宾有群贤。便扶起灯前，醉玉颓山。搜揽胸中万卷，还倾动、三峡词源。归来晚，文君未寝，相对小妆残。

题解

此首词咏茶，似元祐年间作于汴京。北苑茶系贡品，少游供职秘书省期间，虽不一定获享分赐之茶，然亦不妨发之于吟咏。词上阕言北苑茶之来历、形状、研制过程，以及解酒醒困之功效等。下阕通用司马相如典，言茶待客、醒酒、启发文思灵感之效。全词咏茶，涉及茶之方方面面，而未一字提茶，此为咏物诗词之通则，词作见出词人储备之富，材料组织剪裁之功力。

注释

- **北苑研膏：** 北苑，古产茶之地，宋时为皇家茶园，在今福建建瓯市东。宋胡仔《苕溪渔隐丛话·前集》：“北苑在富沙之北，隶建安县，去城二十五里。北苑乃龙焙，每岁造贡茶之处……其实北苑茶山，乃名凤凰山也。北苑土色膏腴，山宜植茶。”研膏，茶名。宋吴曾《能改斋漫录》引《画墁录》：“贞元中，常衮为建州刺史，始蒸焙而研之，谓之膏茶。”
- **方圭圆璧：** 宋时茶饼多制为方形或圆形，故诗人多以圭、璧喻之。

- **碎身粉骨：**指茶叶被研成碎末。宋时茶叶，先行研碎再沏。宋黄庭坚《奉同六舅尚书咏茶碾煎烹三首》诗其一："碎身粉骨方余味，莫厌声喧万壑雷。"
- **凌烟：**指古代绘有功臣画像的凌烟阁。此处因茶之粉身碎骨而联想到凌烟阁，借以称赞茶之功绩和奉献精神。
- **尊俎：**指酒或筵席，此处谓茶能解酒。
- **降春睡：**茶能使人兴奋，减少春困。《博物志》："饮真茶，令人少眠睡。"
- **开拓愁边：**茶能消愁。
- **纤纤捧：**指美人纤手捧茶。古人饮茶，常有美女侍奉。《古诗十九首》："娥娥红粉妆，纤纤出素手。"
- **香泉溅乳：**香泉，语出唐皮日休《煮茶》诗："香泉一合乳，煎作连珠沸。"溅乳，谓烹茶时茶面上浮起的泡沫。宋苏轼《西江月》词："汤发云腴酽白，盏浮花乳轻圆。"
- **金缕鹧鸪斑：**金缕，谓茶饼包装之华贵。宋欧阳修《归田录》："茶之品，莫贵于龙凤，谓之团茶，凡八饼重一斤。庆历中蔡君谟为福建路转运使，始造小片龙茶以进，其品绝精，谓之小团，凡二十饼重一斤，其价值金二两。然金可有，而茶不可得，每因南郊致斋，中书、枢密院各赐一饼，四人分之。宫人往往缕金花于其上，盖其贵重如此。"鹧鸪斑，谓沏茶后碗面出现的斑点。杨万里《陈蹇叔郎中出闽漕，别送新茶·李圣俞郎中出手分似》诗："鹧鸪碗面云萦字。"
- **"相如"二句：**相如，即司马相如，字长卿，西汉辞赋家，蜀郡成都人。《西京杂记》卷一:“司马相如初与卓文君还成都,居贫,愁懑,以所着鹔鹴裘就市人阳昌贳酒,与文君为欢。既而文君抱颈而泣,曰:‘我平生富足,今乃以衣裘贳酒!’遂相与谋于成都卖酒。相如亲着犊鼻裈涤器,以耻王孙。王孙果以为病,乃厚给文君……长卿素有消渴疾,及还成都,悦文君之色,遂以发痼疾,乃作《美人赋》,欲以自刺,而终不能改,卒以此疾至死。”病酒,因饮酒而病。

“一觞”二句: 语出自晋王羲之《兰亭集序》:“群贤毕至,少长咸集……引以为流觞曲水,列坐其次,虽无丝竹管弦之盛,一觞一咏,亦足以畅叙幽情。”

“便扶”二句: 谓茶能解酒。醉玉颓山,状酒后醉倒之风采。典出自南朝宋刘义庆《世说新语·容止》:“嵇叔夜(康)之为人也,岩岩若孤松之独立;其醉也,傀俄若玉山之将崩。”

三峡词源: 三峡,指巫峡、瞿塘峡、西陵峡,水流汹涌湍急。此处借喻文思层出不穷。唐杜甫《醉歌行》诗:“词源倒流三峡水,笔阵独扫千人军。”

◎又

晓色云开，春随人意，骤雨才过还晴。古台芳榭，飞燕蹴红英。舞困榆钱自落，秋千外、绿水桥平。东风里，朱门映柳，低按小秦筝。

多情，行乐处，珠钿翠盖，玉辔红缨。渐酒空金榼，花困蓬瀛。豆蔻梢头旧恨，十年梦、屈指堪惊。凭栏久，疏烟淡日，寂寞下芜城。

题解

元丰二年（1079）岁暮，少游自会稽还乡后，复乘扁舟，以游扬州。词中“豆蔻梢头”二句，借喻扬州冶游生活；而上阕所写景物，亦与扬州有关。词应作于次年春季。词上阕写景，由远及近，妩媚多姿，清俊自然，以“小秦筝”顿住，为下阕欢会游乐做铺垫。下阕极尽铺叙欢会的场景，用词艳丽。后由乐转悲，在酒醒人散后留下的是淡淡的落寞伤感的情绪。全词流利圆转，清俊自然，见出少游早期词作风格。

注释

- **飞燕蹴红英：** 谓燕踏飞花。语化自唐杜甫《城西陂泛舟》诗：“鱼吹细浪摇歌扇，燕蹴飞花落舞筵。”
- **榆钱：**《本草纲目·木部二》：“（榆）未生叶时，枝条间先生榆荚，形状似钱而小，色白成串，俗呼榆钱。”
- **秦筝：** 类似瑟的弦乐器，相传为秦时蒙恬所造，故名。
- **“珠钿”二句：** 珠钿，女子饰物。翠盖，以羽毛装饰的车盖，这里代指车。此处代指仕女。玉辔红缨，骏马的鞍鞯，这里指代游冶的男子。唐王维《寓言》诗：“曲陌车骑盛，高堂珠翠繁。”
- **蓬瀛：** 指蓬莱、瀛洲，传说中的海上仙山。此处借指冶游之地。
- **“豆蔻”二句：** 豆蔻，言女子美而年少，如豆蔻花之未开。唐杜牧《赠别》诗：“娉娉袅袅十三馀，豆蔻梢头二月初。”又唐杜牧《遣怀》诗：“十年一觉扬州梦，赢得青楼薄幸名。”
- **芜城：** 指扬州。宋王琪《九曲池》诗：“凄凉不可问，落日背芜城。”

◎又

雅燕飞觞，清谈挥麈，使君高会群贤。密云双凤，初破缕金团。窗外炉烟似动，开瓶试、一品香泉。轻淘起，香生玉尘，雪溅紫瓯圆。

娇鬟，宜美盼，双擎翠袖，稳步红莲。坐中客翻愁，酒醒歌阑。点上纱笼画烛，花骢弄、月影当轩。频相顾，馀欢未尽，欲去且留连。

题解

元丰二年（1079），少游在会稽，常与郡守程公辟燕集，词咏“雅燕飞觞，清谈挥麈，使君高会群贤”，当作于此时。词上阕写使君宴会上烹水、沏茶之过程。下阕写席上人们品茶之情态，最后因茶人眷眷不肯离开。

注释

- **雅燕飞觞**：燕，通“宴”。飞觞，传杯。唐李白《春夜宴从弟桃花园序》：“飞羽觞而醉月。”
- **清谈挥麈（zhǔ）**：清谈，也称清言、玄言或麈谈。始于魏时何晏、夏侯玄、王弼，盛于晋代王衍诸人，从品评人物转向谈玄为主，延及齐梁不衰。南朝宋刘义庆《世说新语·容止》：“王夷甫（衍）容貌整丽，妙于谈玄，恒捉玉柄麈尾，与手都无分别。”挥麈，宋吴曾《能改斋漫录》引释藏《音义指归》：“《名苑》曰：‘鹿之大者曰麈，群鹿随之，皆看麈所往，随麈尾所转为准。’今讲僧执麈尾拂子，盖象彼有所指麾故耳。”

- **使君高会群贤：**使君，对州郡长官的尊称。此处当指会稽郡守程公辟。高会，盛会、盛宴。
- **密云双凤：**密云，茶名，也称密云团、密云龙。宋吴曾《能改斋漫录》引《画墁录》："丁晋公（谓）为转运使，始制为凤团，后又为龙团，岁贡不过四十饼。天圣中又为小团，其饼迥加于大团。熙宁末，神宗有旨下建州置密云龙，其饼又加于小团。"双凤，指大小凤团，均为茶名。
- **缕金团：**即用金丝或金花包装之茶饼。
- **玉尘：**形容研碎的茶末。宋人饮茶，均先行碾碎。
- **紫瓯：**紫砂茶盂。宋蔡襄《试茶》诗："兔毫紫瓯新，蟹眼青泉茶。"
- **美盼：**指美女眼波。《诗经·卫风·硕人》："巧笑倩兮，美目盼兮。"
- **红莲：**《南史》："凿金为莲华以帖地，令潘妃行其上，曰：'此步步生莲华也。'"
- **"花骢弄"句：**花骢，青白色马，今名菊花青。弄月影，宋张先《天仙子》词："云破月来花弄影。"

桃源忆故人

玉楼深锁薄情种，清夜悠悠谁共。
羞见枕衾鸳凤，闷即和衣拥。
无端画角严城动，惊破一番新梦。
窗外月华霜重，听彻《梅花弄》。

题解

此词写女子深夜相思孤寂的情怀。上阕写女子清夜相思无寐的情状。下阕写楼外夜晚画角悲音和清冷月色，更增添了女子孤寂的情怀。

注释

- **画角：**古管乐器，见《满庭芳》（山抹微云）“画角”注。
- **严城：**指险峻的城垣。严，通“岩”。
- **听彻《梅花弄》：**听彻，听毕。曲终谓之彻。《梅花弄》，汉横吹曲名，本笛中曲，后为琴曲，共三叠，又称《梅花三弄》。

茫茫迷雾失楼台，
不见桃源意可哀。

秦观词·下卷

郴水郴山断肠句，万人难赎痛斯才

三

茫茫迷雾失楼台，不见桃源意可哀。

郴水郴山断肠句，万人难赎痛斯才。

我们曾经提出秦观的一首《千秋岁》词来加以讨论过，以为这一首词是可以作为他风格转变之标志的一篇作品。其所以然者，盖因秦观虽然以其纤柔敏锐之心性，一向都表现得多情易感，但他早期的风格却大都只是以轻柔婉约为主，并不为过于激厉之辞。而《千秋岁》一词之后半阕，却表现出一片心断望绝的悲哀。这自然是他的词风的一种转变。但我们却只说这首词是他的词风之转变的一个标志而已，那便因为在此以后，他还写出了一些在风格上更为凄厉哀伤的作品。而这种转变，则是与他的生活遭遇一直结合在一起的。

据《宋史·秦观传》所载，谓其“绍圣初，坐党籍，出通判杭州。以御史刘拯论其增损实录，贬监处州酒税。使者承风望指，候伺过失，既而无所得，则以‘谒告写佛书’为罪，削秩徙郴州”。原来秦观在被贬到处州以后，虽因仕宦之志意受到重大的挫伤，而产生了心断望绝的悲慨，但他却还曾一度想要借学佛以自遣。他曾写有《处州水南庵》七绝二首，云：“竹柏萧森溪水南，道人为作小圆庵。市区收罢鱼豚税，来与弥陀共一龛。”又云：“此身分付一蒲团，静对萧萧玉数竿。偶为老僧煎茗粥，自携修绠汲清宽。”（《淮海集》卷十）又写有《题法海平阇黎》一首云：“寒食山州百鸟喧，春风花雨暗川原。因循移病依香火，写得弥陀七万言。”（《淮海集》卷十一）则其在处州之常与僧人往来，且经常抄写佛经之情形可见一斑。

本来一个人在遭受了重大的挫伤打击之后，一般总要寻一个自我慰解之方，才可以勉强生活下去。秦观当日之欲以佛学自遣，这种用心，自可想见。而谁知那些承风希旨的小人，竟然就又以“谒告写佛书”构成了他的罪名，不仅把他贬谪到更远的郴州，而且还削去了他过去所有的官秩。这一次的贬削，无疑地曾对秦观造成了更深重的一次打击。因为前次的贬谪处州，是为了党籍及修神宗实录而迁贬，其获罪之名义乃全出于政党之争，这种迁贬，犹复可说。至于这一次贬削，却是为了“谒告写佛书”的罪名。

所谓“谒告”者，本是宋代对于因事或因病“告假”的一个别称。一个人在因病请假的日子写写佛经，这有什么罪名可言，而竟被小人所罗织，落到迁贬削秩的下场，则秦观之内心于绝望悲苦之余，必然更会结合有不少屈抑之情，而其易感之心魂，乃益愈摧伤。就在贬赴郴州的途中，他曾经写了《题郴阳道中一古寺壁二绝》，第一首诗是：“门掩荒寒僧未归，萧萧庭菊两三枝。行人到此无肠断，问尔黄花知不知。”第二首诗是：“哀歌巫女隔祠丛，饥鼠相追坏壁中。北客念家浑不睡，荒山一夜雨吹风。”（《淮海集》卷十一）如果以这两首诗来与《千秋岁》词相比较，我们就可以见到，它们虽同样是写被远贬的悲哀，但其悲感的层次，却已经有了很大的不同。

《千秋岁》词中所写的“日边清梦断，镜里朱颜改”，其所表现的“心断望绝”之悲哀，原来还只不过是对于过去的壮志华年都已经一去不返的哀悼而已；可是这两首诗中所表现的悲哀，却是对于过去的“日边清梦”也已经无暇念及，而只是充满了一种对于心内和身外都充满了荒寒孤寂、年命不保的恐惧。当我们从秦观的传记和他的一些诗作中，对他这次被远贬到郴州的经过和心情，都有了一些了解以后，我们就可以明白他在郴州所写的一些词，其风格何以会转变得更为凄惨哀厉的缘故了。而这一时期的一篇代表作品，我以为就是他被贬到郴州的第二年春天，所写的一首《踏莎行》词。现在就让我们把这首词抄录下来一看：

雾失楼台，月迷津渡。桃源望断无寻处。可堪孤馆闭春寒，杜鹃声里斜阳暮。　驿寄梅花，鱼传尺素。砌成此恨无重数。郴江幸自绕郴山，为谁流下潇湘去。

秦观原是一位在感性方面极为锐敏纤细的诗人，因之他一向的长处，原是对于景物及情思都能以其锐感做出最精确的捕捉和叙写，而且善于将外在之景与内在之情，做出一种微妙的结合。即如其《浣溪沙》（漠漠轻寒上小楼）一首，其中的“自在飞花”两句，表面原只是写“飞花”“丝雨”的外在景物，然而其“似梦”“如愁”的描述形容，却使之传达出一种极微妙的情思；再如其《画堂春》（落红铺径水平池）一首，其中的“凭阑手捻花枝”两句，他所要传达的原是伤春的情意，而他所写的却只是外在的形象与动作；其他如秦观的一些名词警句，像他的《减字木兰花》（天涯旧恨）一首，其中的“欲见回肠，断尽金炉小篆香”两句，是把极抽象的断肠之情，做了极具体的形象化的喻写；而他的《满庭芳》（山抹微云）一首，其中的“多少蓬莱旧事，空回首、烟霭纷纷。斜阳外，寒鸦数点，流水绕孤村”，则是将无限怀思感旧之情，都融入了外在的烟霭、斜阳、寒鸦、流水的景色之中了；至于他的《八六子》（倚危亭）一首，其中的“夜月一帘幽梦，春风十里柔情”两句，次句虽然是用的杜牧之诗意，但放在此一联中，却因为与前面的“夜月一帘”相映衬且相对偶，于是“春风十里”便也成了一个鲜明的形象，而继之以“幽梦”“柔情”，遂使得抽象之情思，都加上了具象的形容。凡此种种例证，当然都足以说明，秦观将抽象之情思与具象之景物，做互相生发、互相融会或是互相拟比之叙写时，确实有他的极为出色的成就。

但我以为这一首《踏莎行》词之开端的“雾失楼台，月迷津渡，桃源望断无寻处”三句，与其结尾的“郴江幸自绕郴山，为谁流下潇湘去”二句，则较之前述诸例证对形象与情意之叙写安排，尤其有值得注意之处。何则？先就“雾失楼台”三句而言，则前举诸例证中所写之景物，乃大多为现实中实有之景物，而“雾失楼台”三句所写者，则是现实中并不实有之景物，此其可注意者一；再就“郴江幸自绕郴山”二句而言，则前举诸例证之景物所映衬或拟比者，尚不过为人间一般共有之情思，而“郴江”二句，却是借景物对宇宙提出了一个无理的究诘，大有《楚辞·天问》之意，此其可注意者二。

现在我们先谈“雾失楼台”三句，我之所以认为其所写之景物并非实有者，盖以在此三句之下，作者原来还明明写有“可堪孤馆闭春寒，杜鹃声里斜阳暮”的描述。而这两句所写的独自避居在客馆春寒之中的人物和耳中所闻的杜鹃的不如归去的哀啼之音，与眼中所见的斜阳西下的暮色渐深之景，这才是现实中果然实有的情景。

至于“雾失楼台”三句，则不过是诗人内心中的深悲极苦所化成的一片幻景的象喻。首句的“楼台”，令人联想到的是一种崇高远大的形象，而加上了“雾失”二字，则是这种崇高远大之境界，已经被茫茫的重雾所完全掩没无存；次句的“津渡”，令人联想到的是可以指引和济渡的出路，而加以“月迷”二字，则是此一可以指引和济渡的出路，也已经在朦朦的月色中完全迷失而不可得见；三句的“桃源”，令人联想到的是陶渊明在《桃花源记》中所描述的“黄发垂髫，并怡然自乐”的一片乐土，而继之以“望断无寻处”，则是此一乐土之根本并不存在于人间。由此看来，可见此三句之所叙写者，表面虽也是具象之景物，然而却并不同于前举诸例中的现实中之景物，而是进入了一种含有丰富象征意义的幻象中之境界了。这在小词的发展演进中，实在是一种极值得注意的开拓和成就。至于秦观之所以能写出此类作品，最重要的原因，自然是由于其锐敏之心性与悲苦之遭遇的互相结合，于是遂以其锐感深思中之悲苦，凝聚成了如此深刻真切的饱含象征意味的形象。至于触引起他产生此种象喻之想的，则我以为其主要之关键，实当在第三句的“桃源”二字。盖因当时秦观正贬居在郴州，在湖南境内，而世传桃花源在武陵，亦在湖南境内。正是这种巧合，引起了这一位锐感之词人的丰富的想象，为我们留下了这几句在词境中特具开创意味的小词，这种成就，实在是极可注意的。而当我们对此三句词所象征的绝望悲苦之情有所了解以后，我们便可以明白作者在此三句象征之语和下二句“孤馆闭春寒”“杜鹃声里斜阳暮”的写实之语中加入“可堪”二字的作用了。盖“可堪”者，原为“岂可堪”，也就是“不堪”之意。正因为先有了前三句对绝望悲苦之心情的象征的叙写：“高楼”之希望既“失”，“津渡”之引济亦“迷”，“桃源”在人世之根本“无寻”，然后对身外之“孤馆”、“春寒”、“鹃”啼春去、“斜阳”日“暮”之情境，乃弥觉其不可堪也。

至于下半阕过片之“驿寄梅花，鱼传尺素，砌成此恨无重数”三句，则是极写远谪之恨。据秦观年谱，就在他写了这首词的第二年，他便又自郴州被迁贬到横州，又次年，又被迁贬到雷州 。他在雷州曾写了一篇《自作挽词》，其中曾有“家乡在万里，妻子天一涯”及“奇祸一朝作，飘零至于斯。弱孤未堪事，返骨定何时”之语（《淮海集》卷四十）。可知秦观在迁贬以来，并无家人之伴随，其冤谪飘零之苦，思乡感旧之悲，一直是非常深重的。曰“驿寄梅花，鱼传尺素”便正是极写其思乡怀旧之情。上一句用的是江东之陆凯寄梅花与长安之范晔的故事。据《荆州记》载云：“陆凯与范晔为友，在江南寄梅花一枝诣长安与晔，并赠诗云：‘折花逢驿使，寄与陇头人。江南无所有，聊赠一枝春。’”（见《太平御览》卷十九《时序部》四。一般引文多有脱误，不可据。）下一句用的是古乐府诗《饮马长城窟行》的诗意，盖以该诗中曾有“客从远方来，遗我双鲤鱼。呼儿烹鲤鱼，中有尺素书”之句（《昭明文选》卷二十七），故以“鱼传尺素”代表寄书信之意。

总之，这两句所写的乃是怀旧之多情与远书之难寄，所以乃继之以“砌成此恨无重数”，极写远谪离别之悲，造成了无穷的深恨。而秦观在此处所用的“砌”字，则又是把抽象的“恨”之情意，做了一种具象的“砌”之描述。“砌”者何？砖石之砌筑也；曰“砌成此恨”，则其恨积累之深重与坚固之不可破除，从而可以想见矣。在如此深重坚实之苦恨中，所以乃写出了后二句的“郴江幸自绕郴山，为谁流下潇湘去”的无理问天之语。

据《苕溪渔隐丛话》前集引《冷斋夜话》谓少游写此词，东坡读之，“绝爱其尾两句，自书于扇，曰：‘少游已矣，虽万人何赎。’”本来一般人悼念贤才之语，原是“百身莫赎”，而此一传闻之故实，乃曰“万人何赎”，也足可见此二句词的感人之深，以及对秦观的悼念之切了。至于此二句词之感人者何在，则私意以为其主要之因素盖亦由于此两句词可以提出写实与象喻两个层次的内涵，而其用意则又在可解与不可解之间，因之在表面所写之情景以外，乃更增加了一种神秘而无理性的气氛，也就更增加了它的吸引和感动人的力量。

现在我们先谈其第一层写实的意义，郴州之水源出于湖南省郴县之黄岑山，是所谓“郴江”之“绕郴山”者也。出山以后，乃北流而入耒水，又北经耒阳县，至衡阳而东入于潇湘之水，是所谓“流下潇湘去”者也。此原为天地自然之山川，本无任何情感可言者也。至于就第二层象喻之意义言之，则此一位锐感多情之词人秦观，在其历尽远谪思乡之苦以后，乃竟以自己之心想象为郴江江水之心，于是在“郴江”之“绕郴山”的自然山水中，乃加入了“幸自”两个有情的字样，又在“流下潇湘去”的自然现象前，加上“为谁”两个诘问的词语，于是遂使得此二句所叙写的自然山川，平添了一种象喻的意义。因此无情的郴水、郴山乃顿时化为有情，而使得郴水竟然流出郴山且直下潇湘不返的造物之天地，乃成为冷酷无情矣。

于此我们如果一念及前面所引的秦观《自作挽词》中的“奇祸一朝作，飘零至于斯”的话，我们就可以体会出他对于离开郴山一去不返的郴江江水，曾经注入了多少他自己的离乡远谪的长恨了。而所谓“为谁流下”者，则正是秦观自己对于无情之天地，乃竟使“奇祸一朝作”的深悲极怨的究诘。像这种深隐幽微，而又苦怨无理的情意，原是极难以理性去解说和欣赏的。因此，王国维在其《人间词话》中，虽然也曾赞美秦观这一首

《踏莎行》词，谓其“词境”“凄厉”，但王氏所称美者，只是前半阕结尾的“可堪孤馆闭春寒，杜鹃声里斜阳暮”两句，而却认为苏轼之欣赏此后半阕结尾的这两句词是“犹为皮相”。其原因我以为就正由于在这首词中，实在只有“可堪孤馆闭春寒”两句，是从现实之景物，正面叙写其贬谪之情境，而其他诸句，则多为象喻或用典之语，这与王氏平时所主张的“以自然之眼观物，以自然之舌言情”的欣赏标准，当然不甚相合，何况此词末二句，又写得如此隐曲而无理，因之王氏对于苏轼之欣赏此两句词的心情，乃不能完全理解，所以乃谓之为“皮相”。而苏轼之欣赏此两句词，则很可能是因为苏轼也是一个亲自经历了远贬迁谪的人，所以尽管此二句词写得隐曲而且无理，苏轼读之却自然引起了一种直觉的感动。总之，苏轼与王国维之所赏爱的因素虽然各有不同，却也都不失为各有一得之赏。

至于我个人的看法，则以为就词中意境之发展而言，实在当以此词首尾两处所使用的象征的手法和所蕴含的象喻的意义为最可注意。而且我还以为秦观早期词作中所表现的纤柔婉约之风格，虽然也有其独具之特色，使人被其锐敏善感之“词心”所感动，但那还只不过是由其天赋之资质所形成的一种特色而已。至如我们现在所讨论的这首《踏莎行》词，则是以其天赋之锐敏善感之心性，更结合了平生苦难之经历，然后透过其多年写词之艺术修养，而凝聚成的一种使词境更为加深了的象喻层次的开拓；这是我们在论秦观词时，所绝不该忽视的他的一点重要成就。

最后，还有两点我们想在此略做补充之说明者。其一是秦观之词，除去以其敏锐善感之心性所形成的早期之纤柔婉约之风格，以及其经历迁谪以后由凄婉转为凄厉之风格以外，他也还留有一些其他风格的作品。即如其《品令》二首之类，乃全用俗俚之语，写为男女调情之辞。又如其《望海潮》词调中之“星分牛斗，疆连淮海，扬州万井提封”一首之写广陵怀古，及“秦峰苍翠，耶溪潇洒，千岩万壑争流”一首之写越州怀古，则又以豪情盛气写为开阔博大之辞。但我们对秦观的这两类词，却并未加以详细之介绍。其所以然者，盖因其俗俚之作，本无深意可言，只不过因为北宋当日词坛的一时风气，很多人都曾写有此类俗俚之歌词，像此等作品既不能代表秦观词之特色与成就，是以本文乃对之未加讨论。

至于其表现有开阔博大之盛气的两首咏都市的《望海潮》词，则我以为那很可能是在秦观早年，正当强志盛气之时的作品，而且明显地带有模仿柳永词之痕迹。因为以小词来歌咏都市的形胜繁华，实在当推柳永为开创风气的作者。何况柳永曾写有一首咏钱塘风物的词，开端是“东南形胜，三吴都会，钱塘自古繁华”，所用的牌调既也是《望海潮》，所表现的风格也是开阔博大，具有盛气，而且柳词在当时更曾经传诵一时（事见罗大经《鹤林玉露》卷十三）。这正是我认为秦观此二首词，曾受有柳词影响的缘故。不过柳词全用白描，其盛气表现得极为自然，而秦观则多用古典，遂不免有一种不甚自然的逞气用力之感。这很可能是因为柳永在才性方面，原有其神观飞越的一面，而秦观则缺乏此一类型之才质。所以此二首词，在秦观词中，都并非上乘之作，反不如他的另一首写洛阳的《望海潮》词，其开端之“梅英疏淡，冰澌溶泄，东风暗换年华”数句，既在选词用字之间，表现了他的锐感的资质，而其结尾之“无奈归心，暗随流水到天涯”数句，则又在融情入景方面表现了他的柔婉的风格，较之咏广陵及越州的两首，实在更能代表秦观词的特色。这种辨别，也是我们论秦观词时，所不可不注意及之的。这是我们要补充说明的第一点。

其次，我们还要补充说明的一点，则是将秦观词与其他一些风格相近之词人互相比较的问题。本来我们在以前论欧阳修词的时候，便曾经引用过冯煦在《蒿庵论词》中评欧词的话，以为欧词之“深婉”曾经“下开少游”。又在论晏幾道词的时候，引用过刘熙载《艺概》、冯煦《宋六十一家词选·例言》和王国维《人间词话》中的话，将晏幾道和秦观做过简单的比较。现在当我们对秦观词之特色及成就，有了相当了解之后，则我们对前人评语之得失，当然也就可以做出更好之判断。

先就欧词之“深婉开少游”而言，我以为秦词与欧词相似者，固在其一则皆能掌握词之要眇宜修之特质，此其所以为“婉”；再则皆能有幽微丰美之意蕴，此其所以为“深”。不过，如果仔细分辨一下他们的意蕴中之品质，我们就会发现他们二人之间，实在有很大的不同。秦观无论对自然界的良辰美景，或对于人世间之挫伤苦难，都是毫无假借地以其最善感之心性，去做单纯的感动和承受；而欧阳修则具有一种排解遣玩的修养。所以欧词之风格无论在欣赏或悲慨中，都经常表现为一种豪宕的意兴，而秦词之风格，乃自早期之纤柔，一转而为晚期之凄厉了。

这是秦观与欧阳修之虽然相似，然而却并不相同之处。再就晏幾道与秦观二人相比较言之，则冯煦在《宋六十一家词选·例言》曾云："淮海、小山，古之伤心人也，其淡语皆有味，浅语皆有致。"而王国维在《人间词话》中则引冯煦之言而表示异议说："余谓此唯淮海足以当之；小山矜贵有余，但可方驾子野、方回，未足抗衡淮海也。"他们二人所见之不同，我以为主要是由于冯氏乃但就其外表之情事与文辞言之，而王氏则是就其内在之意蕴言之的缘故。盖以就外表之情事与文辞言，则晏幾道所写的"梦后楼台高锁"（《临江仙》）与"醉别西楼醒不记"（《蝶恋花》）之类的词，其所表现的寂寞孤独与相思离别之情，固亦有"伤心"之意；而其所使用的清丽宛转之言辞，固亦可称之为"淡语有味，浅语有致"。是则冯氏之言，固亦不为无见。只不过若就深一层之意蕴言之，则小山所写之伤心，原来只不过是对往昔歌舞爱情之欢乐生活的一种追忆而已，而秦观所写的“飞红万点愁如海”（《千秋岁》）和“为谁流下潇湘去”（《踏落行》）一类的词，则其所表现的便不仅是对往昔欢乐的追怀，而已是对整个生之绝望的悲慨和对整个宇宙之无理的究诘。如此的“伤心”，才真正是心魂摧抑的哀伤。至于其在早期词作中以情景相生所叙写的细致的感受，和在后期词作中以幻景提示的象喻的情意，其“淡语有味，浅语有致”，也才是更深一层的意味和姿致。这正是王国维之所以认为冯氏之评语“唯淮海足以当之”，而刘熙载之《艺概》也曾说“少游词有小晏之妍，其幽趣则过之”的缘故。

至于晏幾道与秦观二人，因为襟抱、志意、身世、遭际之种种不同，而影响及于其词作中之感发生命之质量的不同，则此种差别，我在论晏幾道词时，已曾有所论述，就不在此处作补充之说明了。另外，秦观当然还写有不少离别相思的小词，如果以这一类词与晏幾道词中同类的作品相比较，则晏幾道词之辞藻似较华丽，笔致亦较重；而秦观词之写情则似乎更为精纯，笔致亦较轻。所以黄庭坚为《小山词》写序，乃称其“清壮顿挫”，而张炎之《词源》论秦观词，则称其：“体制淡雅，气骨不衰，清丽中不断意脉，咀嚼无滓，久而知味。”缪钺先生有论秦观《八六子》词一文，对秦词之此种风格，有精切之分析。本文对此一类词，就略而不论了。

叶嘉莹

调笑令·王昭君

回顾，汉宫路，捍拨檀槽鸾对舞。玉容寂寞花无主，顾影偷弹玉筋。未央宫殿知何处？目送征鸿南去。

题解

《调笑令》十首，皆受北宋汴京民间乐曲影响，为适应艺人演唱要求而作。时间应在元祐五年（1090）至七年（1092），少游供职于秘书省期间。在北宋元祐年间，汴京民间艺人就有一种演唱形式，谓之《调笑转踏》，自宫廷传至民间。近人王国维《宋元戏曲史》第四章据吴自牧《梦粱录》云："北宋之《转踏》，恒以一曲连续歌之。每一首咏一事，共若干首，则咏若干事。"此十首词，每首咏一事，共咏十事，其体式即当时流行于汴京之《调笑转踏》。

词前诗曰："汉宫选女适单于，明妃敛袂登毡车。玉容寂寞花无主，顾影低回泣路隅。行行渐入阴山路，目送征鸿入云去。独抱琵琶恨更深，汉宫不见空回顾。"

此首词咏王昭君事。词写王昭君色艺双绝，无奈远嫁。顾影自怜，不禁泪珠暗弹，而身在胡地，只能望征鸿寄托归思。

注释

- **王昭君：** 事见《后汉书·南匈奴列传》："（王）昭君，字嫱，南郡（今湖北秭归）人也。初，元帝时，以良家子选入掖庭。时呼韩邪来朝，帝敕以宫女五人赐之。昭君入宫数岁，不得见御，积悲怨，乃请掖庭令求行。呼韩邪临辞大会，帝召五女以示之。昭君丰容靓饰，光明汉宫，顾影裴回，竦动左右。帝见大惊，意欲留之，而难于失信，遂与匈奴。"
- **捍拨檀槽鸾对舞：** 捍拨，唐李贺《春怀引》诗："蟾蜍碾玉挂明弓，捍拨装金打仙凤。"王琦注引《海录碎事》："金捍拨在琵琶面上当弦，或以金涂为饰，所以捍防其拨也。"檀槽，谓以紫檀木所为之琵琶槽。唐张籍《宫词》诗："黄金捍拨紫檀槽，弦索初张调更高。"鸾对舞，喻琵琶声美妙悦耳，能使翔鸾对舞。晋阮籍《东平赋》："凤鸟自歌，翔鸾对舞。"唐张说《温泉冯刘二监客舍观妓》诗："镜前鸾对舞，琴里凤传歌。"
- **未央宫殿：** 西汉宫殿。故址在今陕西西安西北。
- **目送征鸿：** 晋石崇《王明君辞》："愿假飞鸿翼，乘之以遐征。飞鸿不我顾，伫立以屏营。"

调笑令·乐昌公主

辇路，江枫古，楼上吹箫人在否？菱花半壁香尘污，往日繁华何处？旧欢新爱谁是主，啼笑两难分付。

题解

词前诗曰："金陵往昔帝王州，乐昌主第最风流。一朝隋兵到江上，共抱恓恓去国愁。越公万骑鸣箫鼓，剑拥玉人天上去。空携破镜望红尘，千古江枫笼辇路。"

此首词前面记乐昌公主与徐德言悲欢离合的爱情故事，结句道出乐昌公主旧欢新爱无法割舍的矛盾心情。

注释

- **乐昌公主：** 事见唐孟棨《本事诗·情感》："陈太子舍人徐德言之妻，后主叔宝之妹，封乐昌公主，才色冠绝。时陈政方乱，德言知不相保，谓其妻曰：'以君之才容，国亡必入权豪之家，斯永绝矣。倘情缘未断，犹冀相见，宜有以信之。'乃破一镜，人执其半，约曰：'他日必以正月望日卖于都市；我当在，即以是日访之。'及陈亡，其妻果入越公杨素之家，宠嬖殊厚。德言流离辛苦，仅能至京，遂以正月望日访于都市。有苍头卖半镜者，大高其价，人皆笑之。德言直引至其居，设食，具言其故，出半镜以合之，仍题诗曰：‘镜与人俱去，镜归人不归。无复嫦娥影，空留明月辉。’陈氏得诗，涕泣不食。素知之，怆然改容，即召德言，还其妻，仍厚遗之，闻者无不感叹，仍与德言、陈氏偕饮，令陈氏为诗，曰：‘今日何迁次？新官对旧官。笑啼俱不敢，方验作人难。’遂与德言归江南，竟以终老。”

- **辇路：** 辇道，此指乐昌公主被掳北去车辆经行之路。

- **吹箫人：** 典出《列仙传》：“萧史者，秦穆公时人也，善吹箫，能致孔雀、白鹤于庭。穆公有女，字弄玉，好之，公遂以女妻焉。日教弄玉作凤鸣。居数年，吹似凤声，凤凰来止其屋。公为作凤台，夫妇止其上，不下数年。一旦，皆随凤凰飞去。”此以吹箫人指代徐德言。

- **菱花：** 宋陆佃《埤雅 · 释草》：“群说镜谓之菱华，以其面平，光影所成如此。”华，通“花”。

- **旧欢新爱谁是主：** 旧欢，指前夫徐德言；新爱，指杨素。

调笑令·崔徽

翡翠，好容止，谁使庸奴轻点缀。裴郎一见心如醉，笑里偷传深意。罗衣中夜与门吏，暗结城西幽会。

题解

此首词记崔徽与裴敬中幽会事。词前诗曰:“蒲中有女号崔徽，轻似南山翡翠儿。使君当日最宠爱，坐中对客常拥持。一见裴郎心似醉，夜解罗衣与门吏。西门寺里乐未央，乐府至今歌翡翠。”

注释

- **崔徽**:事见《御定全唐诗》卷四二三:“崔徽，河中府娼也。裴敬中以兴元幕使蒲州，与徽相从累月。敬中使还，崔以不得从为恨，因而成疾。有丘夏善写人形，徽托写真寄敬中曰:‘崔徽一旦不及画中人，且为郎死。’发狂卒。诗曰:崔徽本不是娼家，教歌按舞娼家长。使君知有不自由，坐在头时立在掌。有客有客名丘夏，善写仪容得恣把。为徽持此谢敬中，以死报郎为终始。”
- **翡翠**:《格物论》:“翡翠，形小不盈握，一种二色:翡，赤羽;翠，青羽。”此处翡翠，即翡翠鸟。
- **裴郎**:即裴敬中。
- **门吏**:指蒲州门吏。

调笑令·无双

相慕，无双女，当日尚书先曾许。王郎明俊神仙侣，肠断别离情苦。数年睽恨今复遇，笑指襄江归去。

题解

词前诗曰：“尚书有女名无双，蛾眉如画学新妆。伊家仙客最明俊，舅母唯只呼王郎。尚书往日先曾许，数载暌违今复遇。闻说襄江二十年，当时未必轻相慕。”

此首词记叙刘无双与王仙客悲欢离合的爱情故事。

注释

- **无双：**唐人小说中人名。据薛调《无双传》载，建中朝臣刘震之女名无双。震有姊寡居，携甥王仙客住于舅家。震之妻常戏呼仙客为王郎子。仙客之母临终时乞以无双归仙客，震许之。母死，仙客扶榇归葬于襄邓。未几，逢朱泚之乱，震以受伪命处极刑，无双没入掖庭，押赴陵园，赐药令自尽。仙客闻讯，求计于古押衙，得其帮助，无双复活，相携逃归襄江，夫妇偕老。
- **尚书：**指刘震，时任尚书租庸使。
- **暌（kuí）恨：**差失、分离之痛。暌，隔开、分离。
- **襄江：**汉水自襄阳（今湖北襄樊）以下，亦称襄江。

调笑令·灼灼

肠断，绣帘卷，妾愿身为梁上燕。
朝朝暮暮长相见，莫遣恩迁情变。
红绡粉泪知何限？万古空传遗怨。

题解

词前诗曰："锦城春暖花欲飞，灼灼当庭舞《柘枝》。相君上客河东秀，自言那得傍人知。妾愿身为梁上燕，朝朝暮暮长相见。云收月堕海沉沉，泪满红绡寄肠断。"

此首词记官妓灼灼与裴质分别后痴情眷恋裴质事。

注释

- **灼灼：** 宋张君房《丽情集》："灼灼锦城官中奴，御史裴质与之善。裴召还，灼灼每遣人以软红绢聚红泪为寄。"
- **"妾愿"二句：** 语出五代冯延巳《长命女》词："一愿郎君千岁，二愿妾身常健，三愿如同梁上燕，岁岁长相见。"
- **红绡：** 唐白居易《琵琶行》诗："五陵年少争缠头，一曲红绡不知数。"灼灼系舞女，故以红绡聚泪寄赠。

调笑令·盼盼

恋恋，楼中燕，燕子楼空春日晚。

将军一去音容远，空锁楼中深怨。

春风重到人不见，十二阑干倚遍。

题解

词前诗曰："百尺楼高燕子飞，楼上美人颦翠眉。将军一去音容远，只有年年旧燕归。春风昨夜来深院，春色依然人不见。只馀明月照孤眠，唯望旧恩空恋恋。"

此首词写唐代歌妓关盼盼于燕子楼坚贞守节事。

注释

盼盼： 即关盼盼，唐代歌妓，徐州人。唐白居易《燕子楼三首》诗序曰："徐州故尚书张有爱妓曰盼盼，善歌舞，雅多风态。予为校书郎时，游徐、泗闲。张尚书宴予，酒酣，出盼盼以佐欢。欢甚，予因赠诗云：'醉娇胜不得，风袅牡丹花。'尽欢而去，迩后绝不相闻。迨兹仅一纪矣。昨日司勋员外郎张仲素缋之访予，因吟新诗，有燕子楼三首，词甚婉丽。诘其由，为盼盼作也。缋之从事武宁军累年，颇知盼盼始末，云：'尚书既没，归葬东洛，而彭城有张氏旧第，第中有小楼名燕子。盼盼念旧爱而不嫁，居是楼十余年，幽独块然，于今尚在。'"

○ **燕子楼空：** 语出唐白居易《燕子楼》诗：“燕子楼中霜月夜，秋来只为一人长。”宋苏轼《永遇乐·夜宿燕子楼梦盼盼因作此词》：“燕子楼空，佳人何在？空锁楼中燕。”

○ **将军：** 指尚书张愔。

○ **十二阑干：** 语出《乐府诗集·西洲曲》：“鸿飞满西洲，望郎上青楼。楼高望不见，尽日栏杆头。栏杆十二曲，垂手明如玉。”

调笑令·莺莺

春梦，神仙洞，冉冉拂墙花树动。
西厢待月知谁共？更觉玉人情重。
红娘深夜行云送，困亸钗横金凤。

题解

词前诗曰:“崔家有女名莺莺，未识春光先有情。河桥兵乱依萧寺，红愁绿惨见张生。张生一见春情重，明月拂墙花树动。夜半红娘拥抱来，脉脉惊魂若春梦。”

此首词写张生西厢待月与莺莺幽会事。

注释

莺莺: 即崔莺莺，唐传奇中人物。事出自唐元稹《会真记》。贞元中，故崔相国之女莺莺，随母归长安，路出蒲州，止于普救寺之西厢。有张生者游于蒲，亦止于该寺。时军人扰攘，崔氏不安，张生与蒲将之党有善，请吏护之。兵去，崔母设宴致谢，令莺莺出拜。张生自是惑之，缀春词二首，托崔氏婢红娘转达。莺莺报以诗笺，约其相会；及至，却又严词拒绝。张生自失者久之。忽一日，红娘陪莺莺来，与之幽会。如是者几一月。崔母觉之，拷红得实，令张赴试，怏怏而别。元稹尚有《续会真诗》三十韵、另唐人杨巨源有《崔娘诗》、李绅有《莺莺歌》、宋赵令畤有《商调蝶恋花》十二首、金董解元有《西厢记诸宫调》、元王实甫有《西厢记》杂剧，确为乐府盛事。

- **冉冉拂墙花树动：**语出自唐元稹《会真记》中莺莺与张生彩笺，诗题为“明月三五夜”，词曰：“待月西厢下，迎风户半开。拂墙花影动，疑是玉人来。”

- **红娘深夜行云送：**事见唐元稹《会真记》：“数夕，张生临轩独寝，忽有人，觉之。惊骇而起，则红娘敛衾携枕而至……俄而红娘捧崔氏而至。”

- **困亸（duǒ）：**疲惫，萎靡。亸，下垂貌。

- **金凤：**钗上饰物。

调笑令·采莲

柳岸，水清浅，笑折荷花呼女伴。
盈盈日照新妆面，《水调》空传幽怨。
扁舟日暮笑声远，对此令人肠断。

题解

词前诗曰："若耶溪边天气秋，采莲女儿溪岸头。笑隔荷花共人语，烟波渺渺荡轻舟。数声《水调》红娇晚，棹转舟回笑人远。肠断谁家游冶郎，尽日踟蹰临柳岸。"

此首词写越女采莲事，词调风情旖旎。

注释

- **采莲：**曲调名，为乐府旧题，始自梁武帝《江南弄》七首中之《采莲曲》，后世依题作辞者甚多，多写若耶溪越女采莲生活。此篇本自唐李白《采莲曲》："若耶溪边采莲女，笑隔荷花共人语。日照新妆水底明，风飘香袖空中举。岸上谁家游冶郎，三三五五映垂杨。紫骝嘶入落花去，见此踟蹰空断肠。"
- **《水调》：**曲调名。唐杜牧《扬州》诗："谁家唱水调，明月满扬州。"注："炀帝开汴渠成，自作水调。"

调笑令·烟中怨

春恋，西湖岸，湖面楼台侵云汉。
阿溪本是飞琼伴。风月朱扉斜掩。
谢郎巧思诗裁剪，能动芳怀幽怨。

题解

词前诗曰：“鉴湖楼阁与云齐，楼上女儿名阿溪。十五能为绮丽句，平生未解出幽闺。谢郎巧思诗裁剪，能使佳人动幽怨。琼枝璧月结芳期，斗帐双双成眷恋。”

此首词写越女阿溪湖边遇谢郎之情事。

注释

- **烟中怨：**唐人传奇名。其本事见《嘉泰会稽志》卷十九：“越渔者杨父，一女，绝色，为诗不过两句。或问：‘胡不终篇？’答曰：‘无奈情思缠绕，至两句即思迷不继。’有谢生求娶焉。父曰：‘吾女宜配公卿。’谢曰：‘谚云：“少女少郎，相乐不忘；少女老翁，苦乐不同。”且安有少年公卿耶？’翁曰：‘吾女词多两句，子能续之，称其意，则妻矣。’示其篇曰：‘珠帘半床月，青竹满林风。’谢续曰：‘何事今宵景，无人解与同？’女曰：‘天生吾夫！’遂偶之。后七年，春日，杨忽题曰：‘春尽花随尽，其如自是花！’谢曰：‘何故为不祥句？’杨曰：‘吾不久于人间矣。’谢续曰：‘从来说花意，不过此容华。’杨即瞑目而逝，后一年，江上烟花溶曳，见杨立于江中，曰：‘吾本水仙，谪居人间；后傥思之，即复谪下，不得为仙矣。’”此词稍作变化，将越溪渔者杨氏女取名为阿溪。

- **西湖：** 指鉴湖西部。

- **湖面楼台侵云汉：** 谓湖面映照高入云汉的楼台。宋时鉴湖边多建筑物。

- **飞琼：** 仙女名。《汉武帝内传》：“（王母）又命侍女许飞琼鼓震灵之簧。”

调笑令·离魂记

心素，与谁语？始信别离情最苦。
兰舟欲解春江暮，精爽随君归去。
异时携手重来处，梦觉春风庭户。

题解

词前诗曰：“深闺女儿娇复痴，春愁春恨那复知？舅兄唯有相拘意，暗想花心临别时。离舟欲解春江暮，冉冉香魂逐君去。重来两身复一身，梦觉春风话心素。”

此首词写倩娘为情离魂而又魂体复合之情事。

注释

- **《离魂记》：** 唐人传奇名，陈玄祐撰。其故事梗概为，唐天授年间，张镒于衡州为官，有女名倩娘，外甥名王宙。宙早聪慧且美容颜，镒尝以倩娘许配他。后各长成，私相悦慕。然镒却以倩娘另许他人，女闻之而抑郁。宙亦恚恨不已，遂买舟赴京而行。夜半，忽闻岸上呼声甚疾，须臾至船，乃倩娘之魂。相携远遁，居蜀五年，生二子。倩娘思亲，与宙俱归衡州。宙先至舅家，言谢其事，镒闻之大惊。本以为其女在闺中，病数年，未尝离开。遂遣人至舟中探视，果见一倩娘。室中女闻之，喜而起，魂与体遂合而为一。

- **心素：** 情愫。唐李白《寄远十一首》之八："空留锦字表心素，至今缄愁不忍窥。"

- **精爽：**《左传·昭公七年》："用物精多，则魂魄强，是以有精爽至于神明。"孔颖达疏："精亦神也，爽亦明也；精是神之未着，爽是明之未昭。"此处指倩娘魂魄。

虞美人

高城望断尘如雾，不见联骖处。
夕阳村外小湾头，只有柳花无数送归舟。
琼枝玉树频相见，只恨离人远。
欲将幽恨寄青楼，争奈无情江水不西流！

题解

少游于元丰三年（1080）暮春南游扬州，此首应是返回高邮途中所作。词中所谓“高城”，当指扬州；“归舟”，当指词人返回高邮之船；而频频回首，所眷念者，盖昔日曾与“联骖”之旧游也。词中所写景色，亦与所游之时相合。词上阕写归途所历，下阕抒眷眷不舍又无奈归去之情。

注释

- **联骖（cān）：** 犹并辔而行。骖，原意为一车驾三马，也指车子两旁的马。
- **湾头：** 地名，又名茱萸镇。清顾祖禹《读史方舆纪要·扬州府》：“扬州北十五里，有湾头镇。”
- **琼枝玉树：** 喻人物风采之美。南朝宋刘义庆《世说新语·容止》：“魏明帝使后弟毛曾与夏侯玄共坐，时人谓蒹葭倚玉树。”
- **争奈无情江水不西流：** 中国之河流多东流入海，江水自然不可能西流。故古人常以此喻无法办成的事。

◎又

碧桃天上栽和露，不是凡花数。

乱山深处水萦回，可惜一枝如画为谁开？

轻寒细雨情何限！不道春难管。

为君沉醉又何妨，只怕酒醒时候断人肠。

题解

宋杨湜《古今词话》云："秦少游寓京师，有贵官延饮，出宠姬碧桃侑觞，劝酒惓惓。少游领其意，复举觞劝碧桃。贵官云：'碧桃素不善饮。'意不欲少游强之。碧桃曰：'今日为学士拚了一醉！'引巨觞长饮。少游即席赠《虞美人》词曰……阖座悉恨。贵官云：'今后永不令此姬出来！'满座大笑。"据此可证此词作于元祐间。此词上阕言碧桃之脱俗，只在天上或深山，一语双关。下阕言碧桃之深情，春难管束，为君沉醉。

注释

- **碧桃天上栽和露：**语化自唐高蟾《下第后上永崇高侍郎》诗："天上碧桃和露种，日边红杏倚云栽。"此以碧桃树喻碧桃其人，双关语。
- **不道：**张相《诗词曲语辞汇释》卷四："不道，犹云不知也；不觉也；不期也。李白《幽州胡马客歌》：'虽居燕支山，不道朔雪寒。'言不知朔雪寒也。……欧阳修《玉楼春》词：'尊前贪爱物华新，不道物新人易老。'言不知人已渐老也。"

◎又

行行信马横塘畔，烟水秋平岸。
绿荷多少夕阳中，知为阿谁凝恨背西风？
红妆艇子来何处？荡桨偷相顾。
鸳鸯惊起不无愁，柳外一双飞去却回头。

题解

元丰二年（1079），少游南游会稽，此词为游历时所作。词上阕写江南荷塘美景，风光旖旎。下阕写女子荡舟荷塘，惊飞鸳鸯，人情妩媚。

注释

- **横塘：** 东西向的池塘。《吴郡图经续记》卷下《治水》：“或五里七里而为一纵浦，又七里或十里而为一横塘，因塘浦之土以为堤岸，使塘浦阔深，堤岸高厚，则水不能为害而可使趋于江也。”
- **“绿荷”二句：** 语化自唐杜牧《齐安郡中偶题二首》：“多少绿荷相倚恨，一时回首背西风。”阿谁，即何人意。凝恨，张相《诗词曲语辞汇释》卷五：“恨之不已，犹云积恨也。”
- **“红妆”二句：** 红妆，指女子。艇子，船夫。
- **柳外一双飞去却回头：** 语化自唐韦庄《谒金门》词：“柳外飞来双羽玉，弄晴相对浴。”

点绛唇

醉漾轻舟，信流引到花深处。
尘缘相误，无计花间住。
烟水茫茫，千里斜阳暮。
山无数，乱红如雨，不记来时路。

题解

此首兼咏刘晨、阮肇误入桃源及陶渊明《桃花源记》故事，应是绍圣二年（1095）贬居处州时作。这首词以刘阮入天台山和陶渊明的《桃花源记》为事典，反映的是词人遭受打击被贬后，在抑郁苦闷中所产生的对世外桃源的向往，借以获得虚幻的慰藉和解脱的心境。词造境迷蒙，笔调灵动，也为代表少游词风的上乘之作。

注释

- **信流引到花深处：**意本自唐刘长卿《寻张逸人山居》诗："桃源定在深处，涧水浮来落花。"
- **尘缘：**佛教名词。佛家以为人心攀六尘，遂为六尘所牵累，故谓之尘缘。所谓"六尘"，即指声、色、香、味、触、法六种。
- **乱红如雨：**语出自唐李贺《将进酒》诗："况是青春日将暮，桃花乱落如红雨。"

◎又

月转乌啼，画堂宫徵生离恨。
美人愁闷，不管罗衣褪。
清泪班班，挥断柔肠寸。
嗔人问，背灯偷揾，拭尽残妆粉。

题解

词作年代、背景不可考，写一女子深夜悲泣、不惜瘦损容颜之情形。

注释

- **月转乌啼**：语化自唐张继《枫桥夜泊》诗："月落乌啼霜满天，江枫渔火对愁眠。"
- **宫徵**：我国古代音乐有七声，即宫、商、角、徵、羽、变宫、变徵。这里泛指乐曲。
- **"美人"二句**：谓美人因愁闷而身材瘦损，意与宋柳永《凤栖梧》词"衣带渐宽终不悔，为伊消得人憔悴"相近。罗衣褪，即罗衣宽松。
- **揾（wèn）**：擦拭。宋辛弃疾《水龙吟》词："倩何人，唤取盈盈翠袖，揾英雄泪。"

品令

幸自得，一分索强，教人难吃。好好地、恶了十来日，

恰而今、较些不？

须管啜持教笑，又也何须肐织！衠倚赖、脸儿得人惜，

放软顽、道不得。

题解

此首以高邮方言写艳情，疑似神宗熙宁年间乡居之时为应歌而作。词格调卑下，用词俚俗，写男女间戏谑嗔娇之情态。

注释

- **幸自得**：意犹本来是。得，语助词。
- **索强**：张相《诗词曲语辞汇释》卷四：“索强，犹云赛强或争强也，亦可作恃强解。秦观《品令》词：‘幸自得，一分索强，教人难吃。’毛滂《浣溪沙》‘咏梅’词：‘月样婵娟雪样清，索强先占百花春。’……皆其例也。”
- **难吃**：难受。张相《诗词曲语辞汇释》卷五：“吃，犹被也，受也。”
- **恶**：气恼、烦闷。
- **较些不**：犹今语“好些不”。

- **啜（chuò）持：** 哄骗意。
- **肐（gē）织：** 意犹多曲折，不顺遂。
- **衠（zhūn）：** 张相《诗词曲语辞汇释》卷二：“衠，犹尽也；纯也。其作尽义者，秦观《品令》词：‘衠倚赖、脸儿得人惜。放软顽、道不得。’言尽赖着脸儿得人爱也。放软顽，犹云撒娇。”

◎又

掉又惧，天然个品格，于中压一。
帘儿下、时把鞋儿踢，语低低、笑咭咭。
每每秦楼相见，见了无门怜惜。
人前强、不欲相沾识，把不定、脸儿赤。

题解

此首以歌伶口吻表现柔媚娇嗔之态，多用俚语方言写成，带有调笑意味。清焦循《雕菰楼词话》云："秦少游《品令》'掉又嬥，天然个品格'，此正秦邮土音，用'个'字作语助，今秦邮人皆然也。"

注释

- **掉又惧**：宋时方言。此言女子姿态妖娆。
- **压一**：张相《诗词曲语辞汇释》卷三："压一，压倒一切之意，犹云第一也。"
- **秦楼**：原为秦穆公时萧史、弄玉所居之凤台，后世演变为借指妓院。
- **沾识**：犹言沾惹、接近。
- **把不定**：未被聘定。古代订婚，男方送聘礼，称为"把定"。

南歌子

玉漏迢迢尽，银潢淡淡横。
梦回宿酒未全醒，已被邻鸡催起怕天明。
臂上妆犹在，襟间泪尚盈。
水边灯火渐人行，天外一钩残月带三星。

题解

少游于元祐元年（1086）任蔡州教授，《苕溪渔隐丛话·前集》卷五十引《高斋诗话》云：“少游在蔡州……又《赠陶心儿》词云：‘天外一钩横月带三星。’谓‘心’字也。”词应作于此时。此首词言拂晓时依依不舍的离别之情。

注释

- **银潢：** 银河。
- **“臂上”二句：** 唐元稹《会真记》：“及明，睹妆在臂，香在衣，泪光荧荧然，犹莹于茵席而已。”此处言晨起离别。

◎又

愁鬓香云坠，娇眸水玉裁。月屏风幌为谁开？
天外不知音耗百般猜。
玉露沾庭砌，金风动琯灰。
相看有似梦初回，只恐又抛人去几时来。

题解

少游元祐四年（1089）在蔡州，时有畅姓道姑，姿色妍丽，少游见之有倾慕意，遂作此词。词上阕言女子容颜动人，并含蓄地表达倾心之意。下阕言秋风起时，爱而不得的憾恨之情。

注释

- **水玉：**水晶之别称。《山海经·南山经》：“堂庭之山多棪木，多白猿，多水玉。”
- **月屏风幌：**屏风窗帘，因其遮月临风，故称。
- **金风动琯灰：**金风，秋风。琯灰，亦称葭灰，古代用以预测节气。据《后汉书·律历志》载，烧葭成灰，置于律管内，至相应节气，葭灰即从律管内自行飞出，从而知节令。

◎又

香墨弯弯画，燕脂淡淡匀。
揉蓝衫子杏黄裙，独倚玉阑无语点檀唇。
人去空流水，花飞半掩门。
乱山何处觅行云？又是一钩新月照黄昏。

题解

此词上阕写女子的容颜和装束，以及悄然落寞之怀。下阕言女子在岁月流转中对恋人的思念之情。

注释

- **香墨：** 画眉的螺黛。
- **揉蓝：** 蓝色。宋黄庭坚《点绛唇》词：“泪珠轻溜，裛损揉蓝袖。”
- **檀唇：** 形容女子唇纹之美。檀为浅绛色，也称檀口。
- **行云：** 喻恋人的行踪。

临江仙

千里潇湘挼蓝浦，兰桡昔日曾经。
月高风定露华清。微波澄不动，冷浸一天星。
独倚危樯情悄悄，遥闻妃瑟泠泠。
新声含尽古今情。曲终人不见，江上数峰青。

题解

绍圣三年（1096），少游自处州再南贬至郴州，此词应作于舟经潇湘途中。此词上阕写潇湘月朗风清的夜景，上阕结句“微波澄不动，冷浸一天星”，高华秀逸。下阕写江上传来的琴瑟之音，最后以钱起的成句作结，适恰此景，又余音袅袅。全词在清雅秀丽的笔调书写中隐隐流露出词人伤感落寞之怀。

注释

- **挼（ruó）蓝：**形容江水的清澈。挼，揉搓。古代挼兰草以取青色，故称“挼蓝”。
- **兰桡：**指兰舟。桡，船桨。
- **冷浸一天星：**语化自五代欧阳炯《西江月》词：“月映长江秋水，分明冷浸星河。”
- **独倚危樯情悄悄：**危樯，高高的桅杆。悄悄，寂静貌。
- **遥闻妃瑟泠泠：**妃瑟，《楚辞·远游》：“使湘灵鼓瑟兮，令海若舞冯夷。”《后汉书·马融列传》注：“湘灵，舜妃，溺于湘水，为湘夫人也。”泠泠，形容声音清脆悦耳。
- **“曲终”二句：**语见唐钱起《省试湘灵鼓瑟》诗：“善鼓云和瑟，常闻帝子灵……曲终人不见，江上数峰青。”

◎又

髻子偎人娇不整，眼儿失睡微重。寻思模样早心忪。断肠携手，何事太匆匆。

不忍残红犹在臂，翻疑梦里相逢。遥怜南埭上孤篷。夕阳流水，红满泪痕中。

题解

绍圣元年（1094），少游被贬为杭州通判，途经邗沟，与家人相见并旋即告别，事后追忆，感而赋之。此词似为怀念妻子而作。词写与妻子分别时依依不舍之情，上阕写人情态传神；下阕抒离别之情，情意深厚。

注释

- **髻子：**发髻。宋李清照《浣溪沙》词：“髻子伤春懒更梳，晚风庭院落梅初。”
- **心忪：**心惊。《玉篇》：“忪，心动不定，惊也，遑遽也。”
- **翻疑梦里相逢：**语化自唐戴叔伦《江乡故人偶集客舍》诗：“还作江南会，翻疑梦里逢。”宋晏幾道《鹧鸪天》词：“今宵剩把银釭照，犹恐相逢是梦中。”
- **南埭（dài）：**指召伯埭（今江苏扬州邵伯），因在词人故里高邮之南，故称南埭。埭，坝（多用于地名）。

好事近·梦中作

春路雨添花，花动一山春色。
行到小溪深处，有黄鹂千百。

飞云当面化龙蛇，夭矫转空碧。
醉卧古藤阴下，了不知南北。

题解

少游于绍圣元年（1094）被贬监处州酒税，至绍圣三年岁暮贬徙郴州，此词应是绍圣三年（1096）春天作于处州。此词写梦中情形，写山中所见所感，花色满山、黄鹂鸣树，然后飞云化去，景色由近及远，也暗含着人随云去，最后梦醒不知何处，读之也有飘飘仙游之感。

注释

夭矫：屈伸自如，多形容纵恣舞动的姿态。汉司马相如《上林赋》：“夭矫枝格，偃蹇杪颠。”

自在飞花轻似梦
无边丝雨细如愁

秦观词·补遗

两情若是久长时，又岂在朝朝暮暮

如梦令

莺嘴啄花红溜，燕尾点波绿皱。

指冷玉笙寒，吹彻《小梅》春透。

依旧，依旧，人与绿杨俱瘦。

题解

一说为黄庭坚作。此词乃春日闺怨之作。起两句摹写春景，用笔尖新妍巧；接着写房中女子百无聊赖之情态，化用李璟词意，有出蓝之妙；结以哀怨直诉之词，意味无穷。

注释

- **绿皱：**绿水的皱纹。五代冯延巳《谒金门》词：“风乍起，吹皱一池春水。”
- **指冷玉笙寒：**语化自五代李璟《摊破浣溪沙》词：“细雨梦回鸡塞远，小楼吹彻玉笙寒。”玉笙，管乐器。
- **《小梅》：**即《小梅花》或《梅花引》，词调名。

木兰花慢

过秦淮旷望，迥萧洒，绝纤尘。爱清景风蛩，吟鞭醉帽，时度疏林。秋来政情味淡，更一重烟水一重云。千古行人旧恨，尽应分付今人。

渔村。望断衡门。芦荻浦，雁先闻。对触目凄凉，红凋岸蓼，翠减汀蘋。凭高正千嶂黯，便无情、到此也销魂。江月知人念远，上楼来照黄昏。

题解

熙宁九年（1076），少游曾同孙莘老、参寥子访漳南老人于历阳，浴汤泉，游龙洞，谒项羽庙，归时经秦淮，此词应为归途中所作。此词写秦淮两岸的秋景及词人落寞孤寂之怀。

注释

◌ **旷望：** 极目眺望，远望。

◌ **萧洒：** 寥廓凄清貌。唐杜甫《玉华宫》诗：“万籁真笙竽，秋色正萧洒。”

◌ **政：** 通“正”，正是。

◌ **衡门：** 横木为门，喻屋之简陋。后指隐者所居。晋陶渊明《癸卯岁十二月中作与从弟敬远》诗：“寝迹衡门下，邈与世相绝。”

◌ **“红凋”二句：** 语化自宋柳永《八声甘州》词：“是处红衰翠减，苒苒物华休。”

◌ **千嶂：** 嶂，高险的山。语出自宋范仲淹《渔家傲》词：“千嶂里，长烟落日孤城闭。”

◌ **销魂：** 见《满庭芳》（山抹微云）“销魂”注。

醉蓬莱

见扬州独有，天下无双，号为琼树。占断天风，岁花开两次。九朵一苞，攒成环玉，心似珠玑缀。瓣瓣玲珑，枝枝洁净，世上无花类。

冷露朝凝，香风远送，信是琼瑶贵。料得天宫有，此地久难留住。翰苑才人，贵家公子，都要看花去。莫吝金钱，好寻诗伴，日日花前醉。

题解

此词写扬州琼花。元丰三年（1080），少游游扬州，鲜于子骏为扬州太守，厚待少游，少游当时作《扬州集序》，与苏辙一起游览金山，并有和苏辙《游金山》一诗。少游曾在扬州无双亭与鲜于子骏宴前一起赏花，故此词应作于元丰三年。此词从琼花之形状、色泽、香气，以及游人之众等方面突出扬州琼花之天下独有。

注释

“见扬”三句：宋周密《齐东野语》：“扬州后土祠琼花，天下无二本，绝类聚八仙，色微黄而有香。仁宗庆历中，尝分植禁苑，明年辄枯；遂复载还祠中，敷荣如故。淳熙中，寿皇亦尝移植南内，逾年，憔悴无花，仍送还之。其后，宦者陈源命园丁取孙枝移接聚八仙根上，遂活；然其香色则大减矣。”琼树，指琼花。

御街行

银烛生花如红豆。这好事、而今有。夜阑人静曲屏深，借宝瑟、轻轻招手。可怜一阵白蘋风，故灭烛，教相就。

花带雨、冰肌香透。恨啼鸟、辘轳声晓岸柳，微风吹残酒。断肠时、至今依旧。镜中消瘦。那人知后，怕你来僝僽。

题解

此词一说为黄庭坚《忆帝京》词。其本事见赵万里辑本引宋杨湜《古今词话》云："秦少游在扬州，刘太尉家出姬侑觞。中有一姝，善擘箜篌。此乐既古，近时罕有其传，以为绝艺。姝又倾慕少游之才名，偏属意。少游借箜篌观之。既而主人入宅更衣，适值狂风灭烛，姝来且相亲，有仓卒之欢，且云：'今日为学士瘦了一半。'少游因作《御街行》以道一时之景。"少游年轻时于熙宁年间常往来于扬州，当时已有才名，可能有此韵事。此词上阕记与一歌妓仓促之欢，下阕写别后相思之情。

注释

- **白蘋风：** 白蘋，《尔雅》："萍，其大者曰蘋。"柳恽《江南曲》诗："汀州采白蘋，日暖江南春。"似从宋玉《风赋》"夫风生于地，起于青蘋之末"化出。
- **"恨啼"二句：** 语化自宋柳永《雨霖铃》词："今宵酒醒何处？杨柳岸，晓风残月。"

阮郎归

春风吹雨绕残枝，落花无可飞。
小池寒绿欲生漪，雨晴还日西。
帘半卷，燕双归，讳愁无奈眉。
翻身整顿着残棋，沉吟应劫迟。

题解

此词上阕写春日明媚之绮丽景色，下阕写室内佳人之愁思，用笔极为真切婉转，写愁苦无边而欲着棋排遣，然愁思难遣以致下棋时心思分散。

注释

- **讳愁：**谓欲隐瞒内心的痛苦。讳，隐讳。
- **应劫：**犹应对棋局。劫，弈棋时棋局上紧迫的一着称“劫”。

满江红·姝丽

越艳风流，占天上、人间第一。须信道、绝尘标致，倾城颜色。翠绾垂螺双髻小，柳柔花媚娇无力。笑从来、到处只闻名，今相识。

脸儿美，鞵儿窄。玉纤嫩，酥胸白。自觉愁肠搅乱，坐中狂客。《金缕》和杯曾有分，宝钗落枕知何日？谩从今、一点在心头，空成忆。

题解

《全宋词》列入秦观词，然疑非秦观作。似假托秦观之名仿作。词上阕铺陈写女子美貌，下阕先写女子容颜肤色，用词浅露，后写追忆相思之情。

注释

- **须信道：** 张相《诗词曲语辞汇释》卷五：“须信道，犹云须知道也。晏殊《渔家傲》词：‘莫惜醉来开口笑。须信道，人间万事何时了。’……凡言须信道，义均同上。
- **绝尘：** 超越凡尘，难以企及。
- **倾城：**《汉书·外戚传》：“歌曰：‘北方有佳人，绝世而独立。一顾倾人城。再顾倾人国。宁不知倾城与倾国。佳人难再得。’”后以“倾城倾国”喻女子美貌。
- **垂螺：** 古代女子结发为髻，形似螺壳而下垂。
- **双髻：** 歌女发髻。
- **《金缕》：** 即《金缕衣》，歌曲名。《金缕》和杯，谓唱着《金缕衣》来劝酒。
- **一点：** 谓一点相思。

画堂春·春情

东风吹柳日初长，雨馀芳草斜阳。
杏花零落燕泥香，睡损红妆。
宝篆烟消龙凤，画屏云锁潇湘。
夜寒微透薄罗裳，无限思量。

题解

此词写春日闺怨。词上阕写春景，妩媚旖旎，以女子闺中睡醒收住，又为下阕写闺怨做铺垫。下阕先写室内环境，静谧幽深，柔婉之极，后两句写愁怨，空灵含蓄。此词最能代表秦观清丽含蓄的风格。

注释

- **杏花零落燕泥香**：语化自唐温庭筠《菩萨蛮》词："雨后却斜阳，杏花零落香。"
- **宝篆**：即篆香、盘香。
- **潇湘**：见《踏莎行》"潇湘"注。

海棠春

晓莺窗外啼声巧，睡未足、把人惊觉。
翠被晓寒轻，宝篆沉烟袅。
宿酲未解，双娥报，道别院笙歌宴早。
试问海棠花，昨夜开多少？

题解

此词写女子酒醒后的春情。上阕鸟啼人醒，室静人闲。下阕醒闻笙歌，以问海棠花开作结，隐含惜春自伤之情。

注释

- **宿醒（chéng）：** 犹宿醉，饮酒经夜致神志不清。
- **“试问”二句：** 语出自唐韩偓《懒起》诗：“海棠花在否，侧卧卷帘看。”

忆秦娥

暮云碧，佳人不见愁如织。
愁如织，两行征雁，数声羌笛。
锦书难寄西飞翼，无言只是空相忆。
空相忆，纱窗月淡，影双人只。

题解

此词写相思怀人之情。上阕言佳人不见，愁思无边，下阕言音书断绝，空自追忆，以“影双人只”结，用笔新巧，意味深长。

注释

- **“暮云”二句：**语出自南朝江淹《休上人怨别》诗：“日暮碧云合，佳人殊未来。”
- **羌笛：**《风俗通义·笛部》：“武帝时丘仲之所作也……其后又有羌笛。马融《笛赋》曰：‘近世双笛从羌起，羌人伐竹未及已。龙鸣水中不见后，截竹吹之音相似。剡其上孔通洞之，材以当挝使易持。京君明贤识音律，故本四孔加以一。’”
- **锦书：**《说郛》本《侍儿小名录》：“前秦窦滔镇襄阳，与宠姬赵阳台之任，绝其妻苏氏音问。苏悔恨自伤，因织锦回文题诗二百馀首寄滔。滔览锦字，感其妙绝，因具车从迎苏氏。”

菩萨蛮

金风蔌蔌惊黄叶，高楼影转银蟾匝。
梦断绣帘垂，月明乌鹊飞。
新愁知几许？却似丝千缕。
雁已不堪闻，砧声何处村。

题解

此词写秋夜愁思。上阕写秋夜凄清的景致，下阕抒发闺怨秋思。

注释

- **银蟾：**又称玉蟾、蟾月，月之别称。
- **月明乌鹊飞：**三国魏曹操《短歌行》诗：“月明星稀，乌鹊南飞，绕树三匝，何枝可依。”
- **雁已不堪闻：**语化自唐李颀《送魏万之京》诗：“鸿雁不堪愁里听，云山况是客中过。”

金明池·春游

琼苑金池，青门紫陌，似雪杨花满路。云日淡、天低昼永，过三点两点细雨。好花枝、半出墙头，似怅望、芳草王孙何处。更水绕人家，桥当门巷，燕燕莺莺飞舞。怎得东君长为主？把绿鬟朱颜，一时留住。佳人唱、《金衣》莫惜，才子倒、玉山休诉。况春来、倍觉伤心，念故国情多，新年愁苦。纵宝马嘶风，红尘拂面，也则寻芳归去。

题解

少游于元祐七年（1092）三月以中浣日游金明池、琼林苑，又会于国夫人园，会者二十六人，此词当作于此时。词上阕写金明池明媚的春景，下阕写纵情欢游的情形，也隐含惜春之意。

注释

- **“琼苑”句：**金池，即金明池。琼苑，即琼林苑。宋孟元老《东京梦华录》卷七：“（金明）池在顺天门街北，周围约九里三十步，池西直径七里许。入池门内，南岸西去百馀步，有西北临水殿，车驾临幸，观争标锡宴于此。”又“琼林苑在顺天门大街，面北，与金明池相对。大门牙道皆古松怪柏。两傍有石榴园，樱桃园之类，各有亭榭，多是酒家所占。”
- **青门紫陌：**青门，指帝京的城门。紫陌，指京都的道路。唐贾至《早朝大明宫呈两省僚友》诗：“银烛熏天紫陌长，禁城春色晓苍苍。”
- **过三点两点细雨：**语化自唐吴融《闲望》诗：“三点五点映山雨，一枝两枝临水花。”

- **芳草王孙：** 语出自《楚辞·招隐士》：“王孙游兮不归，春草生兮萋萋。”
- **东君：** 指春神。
- **《金衣》：** 即《金缕衣》，曲调名。唐杜秋娘《金缕衣》诗：“劝君莫惜金缕衣，劝君惜取少年时。花开堪折直须折，莫待无花空折枝。”
- **“才子”句：** 玉山倒，见上《满庭芳》（北苑研膏）“便扶”二句注。休诉，莫辞。
- **红尘拂面：** 语出自唐刘禹锡《元和十一年自朗州召至京戏赠看花诸君子》诗：“紫陌红尘拂面来，无人不道看花回。”

夜游宫

何事东君又去？满空院、落花飞絮。巧燕呢喃向人语。
何曾解，说伊家，些子苦？

况是伤心绪。念个人、久成暌阻。一觉相思梦回处。
连宵雨，更那堪，闻杜宇！

题解

此词写春日相思之情。上阕写春景，以相思收住，下阕抒发怀远思念之情。词以寻常口语入词而不觉浅薄。

注释

- **东君**：春神。
- **些子**：一点儿。唐贯休《苦热寄赤松道者》诗：“蝉喘雷干冰井融，些子清风有何益。”
- **个人**：张相《诗词曲语辞汇释》卷三：“个，指点辞，犹这也；那也。周邦彦《水龙吟》词：‘暗凝伫，因记个人痴小，乍窥门户。’赵闻礼《鱼游春水》词：‘愁肠断也，个人知未？’个人，那人也。”
- **睽（kuí）阻**：犹睽隔、睽离。

一斛珠·秋闺

碧云寥廓，倚阑怅望情离索。悲秋自觉罗衣薄。晓镜空悬，懒把青丝掠。

江山满眼今非昨，纷纷木叶风中落。别巢燕子辞帘幕。有意东君，故把红丝缚。

题解

词题为秋闺，写秋日闺怨之词。词上阕写秋日落寞的情怀，下阕写凋零的秋景，隐见孤独惆怅之怀。

注释

- **离索：** 离群索居。
- **晓镜空悬：** 语化自唐李商隐《无题》诗：“晓镜但愁云鬓改。”
- **纷纷木叶风中落：** 语化自《楚辞 · 九歌 · 湘夫人》：“袅袅兮秋风，洞庭波兮木叶下。”

青门饮

风起云间，雁横天末，严城画角，《梅花》三奏。塞草西风，冻云笼月，窗外晓寒轻透。人去香犹在，孤衾长闲馀绣。恨与宵长，一夜熏炉，添尽香兽。

前事空劳回首。虽梦断春归，相思依旧。湘瑟声沉，庾梅信断，谁念画眉人瘦？一句难忘处，怎忍辜、耳边轻咒。任人攀折，可怜又学，章台杨柳。

题解

此词为元符元年（1098）后少游贬谪岭南之际，为怀念长沙歌妓而作。词的上阕写岁暮岭南萧肃的景象，以及词人寒夜孤寂的情怀。下阕追忆与歌妓的情意。

注释

- **《梅花》三奏：** 即《梅花三弄》，琴曲名，又名《梅花引》《梅花曲》，因叶韵而用“奏”字。最早见于《神奇秘谱》，称此曲改编于晋桓伊所作笛曲，内容描写梅花傲雪凌霜的品格。全曲主调出现三次，故称“三弄”。
- **香兽：** 指抟成兽形的炭。《晋书·羊琇传》：“琇性豪侈，费用无复齐限，而屑炭和作兽形以温酒，洛下豪贵咸竞效之。”
- **庾梅：** 庾岭之梅。庾岭，在今江西广东交界处。
- **“任人”三句：** 唐孟棨《本事诗·情感》载韩翃诗：“章台柳，章台柳，往日青青今在否？纵使长条似旧垂，亦应攀折他人手。”章台，汉代长安街道名，因两旁歌馆青楼林立，旧时多借指妓院。

鹧鸪天

枝上流莺和泪闻，新啼痕间旧啼痕。
一春鱼鸟无消息，千里关山劳梦魂。
无一语，对芳尊。安排肠断到黄昏。
甫能炙得灯儿了，雨打梨花深闭门。

题解

此词云“千里关山劳梦魂”，应是被放郴州后所作。词上阕写鸟啼关情，引念远思乡之情，下阕抒发无边的愁苦，以落寞之景结，意蕴悠长。

注释

- **鱼鸟：**犹鱼雁，指书信。
- **甫能：**张相《诗词曲语辞汇释》卷二：“犹云方才也。”
- **雨打梨花深闭门：**语化自唐刘方平《春怨》诗：“寂寞空庭春欲晚，梨花满地不开门。”

醉乡春

唤起一声人悄，衾冷梦寒窗晓。
瘴雨过，海棠开，春色又添多少。
社瓮酿成微笑，半缺椰瓢共舀。
觉倾倒，急投床，醉乡广大人间小。

题解

元符元年（1098）少游自郴州赴横州，横州城西有海棠桥，桥南北遍植海棠，少游于清晨作此词。词上阕写海棠桥拂晓春色，下阕写饮酒醉倒，联系当时少游经历，其中透出的是词人借酒自我麻醉的痛苦心境。

注释

- **瘴雨：**旧时谓湖广一带山林间湿热蒸郁易使人发病的雨水。
- **社瓮（wèng）：**指社日所用的酒。瓮，盛酒的陶器。
- **半缺：**一半。
- **醉乡：**唐王绩《醉乡记》："醉之乡，去中国不知其几千里也。其土旷然无涯，无丘陵阪险；其气和平一揆，无晦明寒暑；其俗大同，无邑居聚落；其人甚精，无爱憎喜怒。"唐陆龟蒙《奉酬袭美苦雨见寄》诗："不如驱入醉乡中，只恐醉乡田地窄。"

南歌子

霭霭凝春态，溶溶媚晓光。
何期容易下巫阳，只恐使君前世是襄王。
暂为清歌驻，还因暮雨忙。
瞥然归去断人肠，空使兰台公子赋《高唐》。

题解

此词乃少游为东坡侍妾而作。东坡元祐六年（1091）闰八月出知颍州；而少游这时供职秘书省。故本篇以“使君”称东坡，以“兰台公子”自喻，词应作于此时。词上阕写朝云姿容艳丽，并巧借巫山神女以夸之，下阕借巫山神女事言朝云人间罕见，若使归去，空使人神往惆怅。全词借巫山神女事，言朝云姿容罕匹。

注释

- **霭霭：**云气浓密貌。晋陶渊明《停云》诗：“霭霭停云，濛濛时雨。”
- **溶溶：**水流动貌，也用以形容月光流荡，此处形容清晨阳光。
- **何期容易下巫阳：**容易，轻易。巫阳，巫山之阳，见《鹊桥仙》“朝朝暮暮”注。

- **“只恐”句：** 襄王，宋胡仔《苕溪渔隐丛话·前集》：“《文选·高唐赋》云：‘昔者，楚襄王与宋玉游云梦之台，望高唐之观，其上独有云气。王问玉曰：此何气也？玉对曰：所谓朝云者也。昔者，先王尝游高唐，怠而昼寝，梦见一妇人曰：妾巫山之女也。’李善注云：‘楚怀王游于高唐，梦与神遇。’……然《神女赋》复云：‘楚襄王与宋玉游于云梦之浦，使玉赋高唐之事。其后王寝，梦与神女遇，其状甚丽。’以此考之，则楚襄王亦梦与神女遇。但楚怀王是游高唐，楚襄王是游云梦，以此不可雷同用事耳。”
- **兰台公子：** 指宋玉。

◎又

夕露沾芳草，斜阳带远村。
几声残角起谯门。撩乱栖鸦飞舞闹黄昏。

天共高城远，香馀绣被温。
客程常是可销魂，乍向心头横着个人人。

题解

此词乃羁旅怀人之作。词上阕写客旅他乡黄昏时的景象，下阕写于他乡孤寂怀人之思。

注释

- **谯门：** 城门楼。
- **客程：** 作客之旅程。
- **人人：** 张相《诗词曲语辞汇释》卷六：“人人，对于所昵者之称，多指彼美而言。欧阳修《蝶恋花》词：‘翠被双盘金缕凤。忆得前春，有个人人共。’”

◎又

楼迥迷云日，溪深涨晚沙。
年来憔悴费铅华，楼上一天春思浩无涯。
罗带宽腰素，真珠溜脸霞。
海棠开过柳飞花，薄幸只知游荡不思家。

题解

此词写思妇怨抑之情。词上阕先写春日晚景，转入楼中思妇无边愁思；下阕写女子憔悴瘦损，泪流难止，最后点出缘于对荡子不归的无奈怨恨之情。

注释

- **迥：**高远。宋周邦彦《绕佛阁》词："暗尘四敛，楼观迥出，高映孤馆。"
- **铅华：**三国魏曹植《洛神赋》："芳泽无加，铅华弗御。"李善注："铅华，粉也。"
- **宽腰素：**意腰肢瘦损。腰素，古代女子束腰的白色生绢。
- **真珠：**喻泪珠。南唐冯延巳《归自谣》词："愁眉敛，泪珠滴破燕脂脸。"

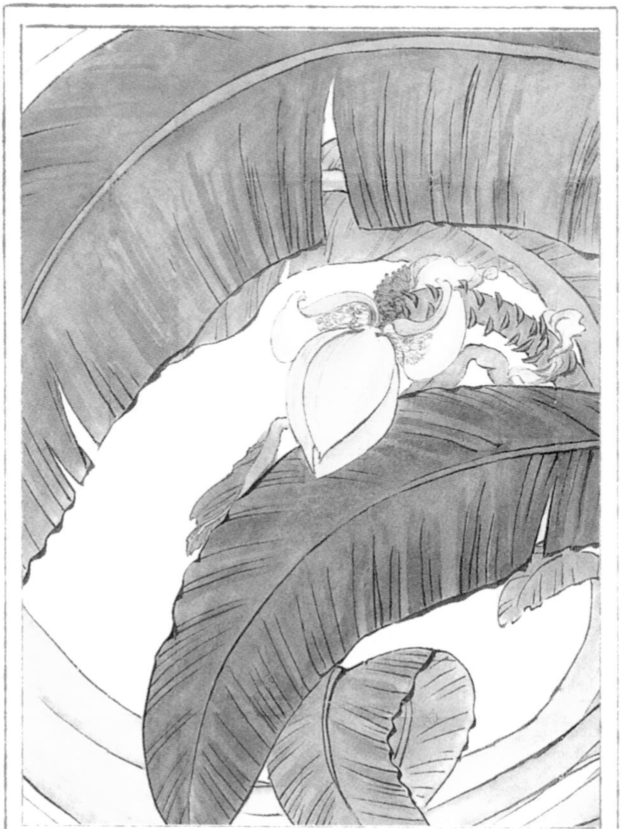

自在飞花轻似梦
无边丝雨细如愁

秦观小传

风流不见秦淮海，寂寞人间五百年

秦观（1049—1100），字少游，一字太虚，号淮海居士，别号邗沟居士，扬州高邮人。秦观出身寒门，青少年时期以居家耕读为主，其性格“豪隽慷慨”，“强志盛气，好大而见奇，读兵家书与己意合”。喜读兵书，关心战事，有着杀敌疆场、收复河山、立功边境的豪情壮志，然毕竟青春热血，与现实难合。这一阶段秦观有过几段江淮吴越间漫游的经历，熙宁九年（1076），同孙莘老、参寥子游访漳南老人于历阳之惠济院，浴汤泉，游龙洞，谒项羽祠，此次出游得诗词三十首，作《汤泉赋》一篇，以记其游踪。元丰元年（1078）至徐州见苏东坡，作《黄楼赋》，东坡对其诗词文章大加赞赏，称“有屈、宋才”，并鼓励秦观参加科举考试。神宗元丰二年（1079），秦观前往越州省亲，适逢苏轼自徐州往湖州赴任，遂与其一同南下，途经无锡，与苏轼同游惠山，又经吴兴，停泊西观音院，遍游诸寺。端午过后，遂辞别苏轼赴会稽省亲。中秋时至杭州，与参寥子、辩才法师同游龙井潮音堂。其后又游鉴湖、访兰亭、拜谒禹庙，并与州守程公辟相处甚欢，作《望海潮》（秦峰苍翠）、《满庭芳》（山抹微云）等名篇。来年又游历扬州等地。

通过科举考试脱去布衣，改变命运，跻身仕途，一展抱负，乃是当时读书人共同的追求和进身途径，秦观亦不例外，然而其科举之途却屡经坎坷、久困场屋。神宗元丰元年（1078）、元丰四年（1081）秦观两次参加科举应试，均落第而归，两次科举失利对秦观的精神造成了很大的打击，使他心境悲苦忧郁，青少年时期的英锐之气消磨殆尽；同时也让他认清了“风俗莫荣于为儒，材能咸耻乎未仕”，读书人只能通过科举改变命运的严酷社会现实，因此他这一阶段闭门苦读，认真准备时文，同时放下身段，向时人投献诗文，望获举荐。当时苏东坡即写信向王安石举荐秦观，王也称赞秦观诗“清新似鲍、谢”。秦观最终也在神宗元丰八年（1085）参加第三次科举考试时，成功考取进士，跻身仕途。

新旧党争是贯穿北宋中后期政坛最大的乱象和乱源。

秦观入仕之时，适逢北宋党争日益激烈之际，也身不由己地被卷入这场政治旋涡之中。元丰八年（1085），秦观登科，初被任命定海主簿，未到任又被授蔡州教授。次年神宗驾崩，哲宗即位，因其年幼由高太后听政，遂开启了由旧党主掌权柄的元祐政坛。因秦观亲附苏轼，被视为“旧党”中人，元祐二年（1087），苏轼、鲜于侁共同以“贤良方正”荐秦观于朝，却被人所忌复归蔡州。元祐五年（1090）由范纯仁举荐，回京授太学博士，校对秘书省书籍。元祐六年（1091）又因“洛党”贾易诋毁其“不检”而罢去正字。元祐八年（1093），秦观左迁国史院编修官，授左宣德郎，参修《神宗实录》，与黄庭坚、张耒、晁补之并列史馆，当时人称“苏门四学士”，而秦观尤其以才学人品为皇帝器重，“日有砚墨器币之赐”，甚得恩宠。应该说，这两三年为秦观仕宦及人生最为风光顺遂的时刻。

元祐九年（1094）宣仁高太后病逝，哲宗亲政。“新党”之人相继还朝主政，“旧党”之人则连遭罢黜出京，秦观遂开始了其不幸的贬谪生涯。秦观首先被贬为杭州通判，途经高邮与家人一见；又因御史刘拯诬告他随意增损《神宗实录》，诋毁先帝，在前往杭州途中又被贬至处州监处州酒税。绍圣三年（1096）在处州任职期间，秦观常与寺院僧人谈佛论法以排遣苦闷打发时日。无奈这也被小人构陷，状告其抄写私撰佛书，又因此获罪。史载其“以谒告写佛书为罪，削秩徙郴州”。所谓“削秩”就是削减俸禄，降低品级，是宋朝对士大夫极为严重的惩罚。绍圣四年（1097）贬黜南荒在郴州时，秦观早已断绝了命运转圜的幻想，作《踏莎行》（雾失楼台）词，抒发悲楚难言之情状。元符元年（1098）又被编管横州，次年又转徙雷州，几至天涯，曾自作挽词，其悲苦之状可以想见。元符三年（1100）哲宗驾崩，徽宗即位，向太后临朝。政坛局势变动，迁臣多被召回。是年东坡被赦由儋州北上，二人相会于海康，感慨万端，啸咏不尽，后苏轼辞别北上。旋即秦观也被召复命为宣德郎，七月启程，一个月后至藤州，因中暑卧于光华亭，家人取水欲与之饮，笑视而亡，结束了一代才人坎坷多舛的一生。

秦观诗词文俱佳，而尤以词为最，其词在当时达到了极高的艺术水平，是北宋婉约词的代表作家之一。明张綖《诗馀图谱》说："词体大略有二,一体婉约，一体豪放。婉约者欲其词情蕴藉，豪放者欲其气象恢宏。盖亦存乎其人。如秦少游之作多是婉约，苏子瞻之作多是豪放。大抵词体以婉约为正。"秦观词有着清丽淡雅、幽妍和婉的独特风格和魅力，在当时"腻柳豪苏"一统词坛的风气之下走出了折中其间、汲取两家优长，又维护词体本色的清新之路。其词借鉴了柳永铺叙的手法，又将含蓄蕴藉的诗法或小令作法融入其中，克服了柳词浅白发露之病；同时又学习苏轼"以诗为词"之作风，将诗法中融情于景、比兴寄托之法带入词作中，并避免了苏词过于发越且题材不加节制之病。故秦词在当时有着极高的声誉，晁补之曾评价秦观词说："'斜阳外，寒鸦数点，流水绕孤村。'虽不识字人，亦知是天生好言语。"清李调元更推誉其词"首首珠玑，为宋一代词人之冠"。秦观对词体的探索及创作成就对后来如周邦彦等众多婉约词人产生了深远的影响。

李东宾

图书在版编目（CIP）数据

寂寞人间五百年 / 叶嘉莹主编；李东宾注. -- 北京：北京联合出版公司, 2022.7（2022.10重印）
ISBN 978-7-5596-6162-3

Ⅰ. ①寂… Ⅱ. ①叶… ②李… Ⅲ. ①宋词－选集 Ⅳ. ①I222.844

中国版本图书馆CIP数据核字(2022)第066446号

寂寞人间五百年

作　　者：叶嘉莹 主编　李东宾 注
出 品 人：赵红仕
责任编辑：高霁月
装帧设计：所以设计馆

北京联合出版公司出版
（北京市西城区德外大街 83 号楼 9 层　100088）
北京时代华语国际传媒股份有限公司发行
北京中科印刷有限公司印刷　新华书店经销
字数175千字　787毫米×1092毫米　1/32　12印张
2022年7月第1版　2022年10月第6次印刷
ISBN 978-7-5596-6162-3
定价：68.00元

学术支持：内蒙古师范大学中华诗教传承研究中心、
国家通用语言文字普及教育与研究团队